힘내

난 널 기억해

장현기　신은혜　이지효　파랑　가람

차 례

장 현 기   ✦   10

신 은 혜   ✦   64

이 지 효   ✦   104

파   랑   ✦   150

가   람   ✦   194

✧

장 현 기

두려움을 먹다

욕심

완벽할 수 없기에 아름답다

행복하게 살려면

마음에도 예열이 필요해

가면

계속 시도하자

다른 사람의 말

까맣고 조용한 밤

거꾸로 생각해봐요

인생이라는 책

당연한 것은 없다 당연하게도

다가올 때는 두렵지만,
떠나니 허전한 것

나만이 할 수 있는 것

지나간다는 것

세상에서 제일 부끄러웠던 순간

아는 것이기에 더 열심히

왼쪽 위의 초록 화살표

오늘만은

아무런 목적없이

일단 자라

일단 해보자

쓸모없는 존재라고 느껴질 때

말로는 표현할 수 없는

핑계

걱정하는 너에게

좋아하는 일을 찾는다는 것

살면서 단 한가지
질문만 던질 수 있다면?

소망

✧

신은혜

글을 쓰기로 했다 　　　　　운명공동체

「**엄마가 되었다**」 　　　　마지막으로 나에게

　엄마가 되었다

　자식이란

　내 딸에게

　왜 나는 엄마에게 화가 날까?

「**그녀에 대해**」

　그녀에 대해

　발병

　재발

　세번째 발병

　마지막이길 바라며

　엄마에게

대구지하철참사

✧

이 지 효

우리가 하는 것이 정답

같은 공간, 다른 우주

사람의 색깔

하늘 같은 사람

결국엔 부서지는 삶

광복절 단 하나의 태극기

능동적 수동형 인간

상실의 슬픔

오늘 마음을 다해 사랑하기

시절인연

공간을 공유한다는 것

욕심이 많으면
인생이 산으로 간다

자신감을 상실한 헤라클레스

마지막 순간, 다시 처음으로

맹목적 열정과 그 후의 공허함

제2의 사춘기

자기 존재의 부정

눈물샘

용기 내 고백한 우울

문득 바라본 보라색 하늘

계획되지 않은 행복

작은 어항 속 세상

살고 싶어진 순간의 기록

찬란하고 암담한

여전히 흔들리는 삶

몸에 힘을 빼야 떠오른다

4월, 내 1년의 시작

미라클나잇

거꾸로 가는 열차

✧

파 랑

인디고

이상한 대화

거꾸로

까르르

나에 대한 자신감을 잃으면
세상 모든 것들이 나를 공격한다

옛날엔 그랬는데, 지금은 아닌 것

사회생활 꿀팁

빛의 아이들

이상한 수행평가

꿈을 꾸는 눈

우리는 모두 꿈을 꾸었다

소울 메이트

딸부잣집

조금 오래전 나에게

이상한 아이

이상한 사람들

인생의 정답

매력적인 사람

고귀한 사람

이상한 것이 이상적이다

사피엔스

밤

비움의 미학

그대의 영혼은 밤의 별처럼
반짝반짝 빛날 거예요

우리 바다 보러 가요

기억상실

기회비용

봄

자기소개

✦

가 람

너의 말을
여러 방향에서 믿을 뿐이야

처음을 잃어버린 시작

긍정의 긍정보단 부정의 부정

우린 물속과 어울리지 않아

우린 애쓰고 있어

오렌지 주스까지도

당신의 시간을 헤아려 봅니다

모퉁이를 맴도는 너에게

봄을 사랑하는 마음으로

우리라는 우리

다만 선인장이라도 닮고 싶었어

잡아 주는 법을 몰랐어

지나가는 파도

고여버린 순간, 기억되는 시간

다르게 읽는다

굳이 너와 먼 곳에서 만난다

안부를 짐작할 수 없어서

무거운 이름이라서

은처럼 빛났으면

✦　장현기

바쁜 현실 때문에 외면했던, 반복되는 일상 속의 당연함에 속아 잊고 살았던 생각. 어쩌면 우리 마음 한쪽에 숨어 반짝이고 있을지도 모를 보석 같은 생각들을 글로 써 내려가고 싶은 사람이다.

INSTAGRAM @righter_67

두려움을 먹다

그동안 두려움이란 것은 없애야 하는 존재인 줄만 알았습니다. '과연 내가 잘할 수 있을까?' 같은 걱정을 하기 일쑤였습니다. 그럴 때마다 두려움은 무릅써야 하는 거야, 이런 두려움도 이겨내지 못하면 겁쟁이지. 두려움은 그냥 무시하다 보면 언젠간 사라져 있겠지. 같은 생각을 하며 자신을 몰아붙였던 것 같아요. 주의를 다른 곳으로 돌리면 나아지지 않을까 싶어 잠시 딴생각을 하거나 친구와 전화하기도 했지만 모두 일시적인 효과만 보였을 뿐, 다시 해야 하는 것을 생각했을 때, 두려움이 심해지면 심해졌지 그 전보다 나아진 건 하나도 없었습니다.

여느 날과 다를 바 없는 어느 날이었어요. 그날도 해야 할 일들을 잘 할 수 있을지, 걱정하며 시간을 보내고 있었습니다. 그러다 문득 예전에 어디선가 들었던 말이 떠올랐습니다. 사람들에게 코끼리를 생각하지 말라고 하면 사람들은 오히려 코끼리를 떠올리게 된다는 말이요. 그 말이 떠오르고, 혹여나 내가 두려움을 신경 쓰지 말아야지. 라고 생각하는 바람에 신경이 더 쓰이는 건 아닐까,

그래서 더 두려움을 느끼는 건 아닐까, 생각해보게 되었어요.

그러면 나는 어떻게 해야 나의 두려움을 없앨 수 있을까 생각해보며 두려움에 관한 내용을 몇 가지 검색해봤어요.

검색해보니 실상 내가 해야 할 일들에 대한 진짜 어려움보다는 그것을 잘 해내지 못하면 어떡하지 하는 나의 마음이 문제였던 것 같아요. 왜 나만 두려움을 많이 느낄까? 내가 겁쟁이여서 그런가? 하는 고민을 했었습니다. 하지만 알고보니 다른 사람들도, 심지어 내가 용감하다고 생각했던 사람들도 나처럼 두려움을 느꼈고, 그들도 단지 행동을 통해 그것을 잘 극복할 뿐이었다는 사실을 알게 되었습니다.

어쩌면 두려움은 약인 것 같아요. 먼 옛날에 인간이 맹수에게 잡아 먹히지 않고 살아 남을 수 있었던 이유는 맹수를 볼 때 두려움을 느껴 언제든지 도망갈 준비를 했기 때문이라고 해요. 다들 어렸을 때 약 먹기를 무서워했던 경험이 한 번씩은 있지 않나요? 왜 먹어야 하는지도 모르고, 이상한 냄새에 맛은 쓰고, 만약 그 약이 알약이라면 목구멍에 걸리면 어떡하지, 하는 생각까지 하면서 말이에요. 몸이 나으려면 먹기는 해야 했으니 오만상을 쓰면서도 억지로 먹었던 기억이 있네요. 어릴 때 엄청나게 싫어했던 약도 두려움을 무릅쓰고 계속 먹다 보니 지금은 별거 아닌 게 된 것처럼, 두려움도 약처럼 많이 먹으면 부작용을 일으키긴 하겠지만 적당히 먹으면 우리에게 도움을 줄 수 있는 것이라고 생각해요.

욕심

사람은 누구나 자신만의 태양을 가지고 있다. 그 태양은 자신뿐만 아니라 그 주변까지도 밝게 비춰준다. 태양은 빛을 제공해줌으로써 지구의 많은 생물들에 도움을 준다. 하지만 아무리 좋은 것이라도 과하면 독이 된다고 했던가. 만약 어떤 정원에 나 있는 꽃들 중에 욕심 많은 꽃 하나가 다른 꽃들보다 더 아름다워지고 싶은 욕심에 그 텃밭에 내리쬐는 모든 빛을 자신만 받게 해달라는 소원이 이루어져 다른 꽃들이 빛을 받지 못하게 된다면 그 텃밭은 어떻게 될까? 소원을 빈 꽃을 빼고는 빛을 받지 못해 점점 시들어갈 것이다. 결국 주변의 꽃들은 점점 빛을 받지 못해 죽어갈 것이다. 다양한 종류의 꽃들을 보기 위해서 왔던 사람들의 발길도 점차 줄어들 것이다. 소원을 빈 그 꽃은 너무 많은 빛을 받은 나머지 말라비틀어질 수도 있다.

사람도 마찬가지다. 자신이 충분한 빛을 받고 있음에도 그것을 인지하지 못하고, 욕심을 부려 다른 사람의 몫까지 뺏으려 한다면 자신의 주변에 있는 빛을 필요로 하는 아름다운 것들이 모두 시들어 버릴 것이며, 결국에는 자신만 덩그러니 혼자 남아있는 모습을 보게 될 것이다.

주변 사람들에게 돋보이고자 다른 사람들이 그 빛을 보지 못하게 막는다면, 결국 자신을 인정해주길 바랐던 주변 사람들은 빛을 보지 못한 채 서서히 죽어갈 것이다. 그리고 자신만의 태양이었던 무언가가 내는 빛은 도움이 되기는커녕 자신을 불태우는 존재가 되어있을 것이다.

식물들에게 빛은 필수적이고, 부족해도 안 되는 것은 사실이지만, 그렇다고 해서 너무 많이 받으면 식물들이 타 죽는 것처럼, 우리들 각자가 마음에 품고 있는 욕심도 과하면 갖고 있는것만 못한 것이 될 뿐이다. 식물들이 적당한 빛을 받을 때 가장 아름답고 잘 자라는 것처럼, 우리들도 필요 이상의 욕심을 부리지 않을 필요가 있다.

완벽할 수 없기에 아름답다

우리는 완벽할 수 없다. 설령 우리가 그것을 어마어마하게 중요하게 생각할지라도, 엄청나게 많은 노력을 쏟았을지라도 그것들이 다 완벽할 수는 없다. 때로 우리들은 완벽하지 못한 자신에게 실망하기도 하며, 심지어 자책하며 원망하기도 한다. 나라고 다를 건 없었다.

어느 날 문득 든 생각 : "세상 모든 것이 완벽하다면 우린 행복할 수 있을까?"

만약에 완벽한 것이 정해져 있다면, 이 세상은 똑같은 모양을 한 것들로 가득찰 것이라 생각했다. 똑같은 감정 똑같은 모습 똑같은 색깔을 가지고 똑같은 방식을 가진 것들로 가득 찰 것이라고 말이다. 완벽한 것이 정해져 있다면 사랑하는 법도 한가지일 것이고, 매일매일 완벽한 음식 한가지만 먹을 것이고… 벌써 진절머리가 난다. 아마 이런 세상이 온다면 개인의 취향이나 선호도 따위는 중요하지 않은 세상이 될 것이다. 완벽한 것이 정해져 있으니 말이다. 내게는 완벽하기만 한 세상보다는 조금은 부족하더라도 개인의 개성이 살아있는 지금 이 세상이 몇 배는 더 낫다. 밤하늘에 모든 별이 같은 크기를 가지고 같은 빛을 내며 같은 간격으로 떨어져 있다고 생각해보라. 과연 그 별들을 보면서 아름다움을 느낄 수 있을까? 밤하늘의 별의 빛도, 크기도, 성분도, 위치도 제각각이지만, 오히려 그러한 점들 때문에 별들의 존재만으로 조화로운 하늘이 만들어 질 수 있다고 본다.

사람마다 완벽의 정의는 다르다. 그렇기에 완벽에 가까워지는 방식도 다르다. 그리고 이러한 다름은 각자의 빛을 내며 조화롭게 이루어져 서로를 더 아름답게 만들어준다.

우리가 사랑하는 사람들도 완벽하지는 않다. 그렇기에 완벽한 연애나 완벽한 결혼생활 같은 것도 당연히 없다. 조금씩은 부족하지만, 부족함을 극복하려는 아름다운 모습으로 인해 그들은, 또 우리는 더욱더 빛난다. 내가 사랑하고 나를 사랑해주는 조금은 부족한 나의 것들을 나는 사랑한다. 부족하지만 그렇기에 더. 우리는 완벽할 수 없다. 하지만 그렇기에 더 아름답다.

행복하게 살려면

산책을 하다 보면 이따금 어떤 생각이 들 때가 있다.
행복하게 살려면 어떻게 해야 할까?

언젠가는 이런 말을 들은 적이 있다. '연인 관계에서는 상대가
싫어하는 것을 하지 않는게, 좋아하는 것을 많이 해주는 것보다 낫
다'라는.

가만 생각해보니, 이 말은 연인 관계에서뿐만 아니라, 나 스스로
에게도 적용할 수 있는 말인 것 같았다. 좋아하는 것을 많이 하려
고 하는 것은 나쁜 것이 아니다. 하지만 좋은 것을 얻었을 때의 행
복은 잠시이고, 곧 그 전의 상태로 돌아가게 된다. 그렇기에 내가
행복하지 않다고 생각한다면 먼저 싫어하는 것들을 줄여나가보는
것이 좋다. 누군가에게 좋은 일이 얼마나 일어나던, 싫어하는 일이
일어나면 그때 기분은 나빠질 것이다. 하지만 싫어하는 일들이 줄
어들면 적어도 기분이 더 나빠질 리는 없다. 그동안 좋아하는 것을
계속 찾았었다면, 오늘 하루만이라도 싫어하는 것을 줄이려고 해
보는 것은 어떨까?

마음에도 예열이 필요해

얼마 전, 고깃집 알바를 시작했다. 돌판으로 구워주는 고깃집인데, 돌판은 예열하기까지 시간이 오래 걸린다. 예열을 해놓지 않은 상태에서 고기를 구우면 고기가 질겨져서 맛이 없어진다고 한다. 고깃집 알바가 처음이라 모르는 것이 많았던 나에게, 같이 알바하는 형이 말했다. 돌판을 미리 예열해놓아야 손님들이 기다리지 않는다고 말이다. 만약 기다리다가 손님이 가게를 떠나시면 손님 입장에서는 고기를 먹지 못해서 손해고, 가게 입장에서는 고기를 팔지 못해서 손해이지 않겠는가? 그 말을 듣고 나는 어쩌면 이 돌판과 사람의 마음은 같을 수도 있겠다고 생각했다. 친구든, 연인이든 사람 간의 관계도 미리미리 준비를 해놓고 있어야 좋은 사람들이 내 곁으로 왔을 때 품을 수 있다고 생각했다. 나를 찾아온 사람들을 너무 오래 기다리게 했다가 지쳐, 그들이 내 곁을 떠나가게 하지 않기 위해서는.

그러니 사람들이 나에게 오기 전에 (미리) 나의 마음을 따뜻하게 예열해놓자.

가면

가만 생각해보면 어릴 적 나는 모든 사람에게 행복한 모습만 보이려고 노력해왔던 것 같다. 나의 잘난 모습만 보이고 싶어서, 못난 모습은 가리려, 부단히 노력해왔다. 중학생 때, 아니 어쩌면 그보다 이른 초등학생 때 항상 나를 싫어하는 누군가가 있단 것을 자각한 뒤로부턴 조금 달라지기 시작한 것 같다. 지금 돌아보면 실제로 나를 싫어하는 누군가가 있었을 때도 있었지만 그냥 모든 사람에게 짓궂게 대하는 사람들을 만났을 때도 유독 나에게만 더 못되게 군다고 생각한것 같다. 그리고 그렇지 않더라도 누군가에게 최선을 다했다고 생각했는데, 그 사람에게 잘못한 일이라고는 하나도 없는데, 뭔가 그 사람이 나를 좋아하지는 않는 느낌. 심지어는 싫어하는 느낌을 느낀 적도 있었다. '왜 쟤는 나를 싫어하지? 나는 행복한 모습만 보이고, 여린 모습은 잘 숨기고 있다고 생각했는데…' 이런 생각이 꼬리에 꼬리를 물어 나를 부정적인 감정의 소용돌이 속으로 집어넣었고, 그 소용돌이 속에서 부정적인 감정은 계속해서 휘몰아쳤다. 당연히 나의 기분은 괜찮을 리가 없었다. 이제는 부정적인 생각은 하면 할수록 더 깊은 소용돌이 속으로 빨려 들어간다는 것을 알고 있지만, 그땐 몰랐다. 아무 이유도 없이 감정이 나빠지는 줄 알았다. 내가 부정적인 생각을 많이 해서 더 많은 부정적인 생각이 드는 것이 아니라, 스스로가 감정 기복이 심한 사람이라고, 원래 부정적인 생각을 많이 하는 사람이라고 생각했다. (그렇게 생각해서 변덕이 더 심해졌을 수도 있겠지만) 언제는 기뻐서 막 웃다가 5분, 10분도 되지 않아서 기분이 나빠져 정색을 했던 적도 있었다. 그 모습을 들키면 다른 사람들이 나를 변덕이 심한 사람으로 알고 나를 더 이상 좋아해주지 않을까봐 걱정했다. 다른 사람이 나를 어떻게 볼지 지나치게 신경을 썼다. 내가 기분이 좋지 않을 때에(나쁘거나 슬플 때에) 누군가가 내 곁을 지나기만 해도 신경이 쓰였지만 일부러 모른 척을 했었을 정도다. 자칫하면 행복한 모습만 보이려고 한 노력이 물거품이 될 것만 같았다. 무엇보다도 내가 슬플 때 다른 사람들이 그것을 알아채고 안 좋은 일 있냐고 걱정스러운 표정을 하며 물을 때마다 일일이 대답해주고 상대하는 일이 신경 쓰였다. 사실 괜찮지 않은데 괜찮다고 말해야 하기 때문이기도 했고, 다른 사람들이 괜히 나 때문에 신경을 쓰는 것이 싫었기 때문이기도 했다.

 사실 진짜 모른 척하고 싶었던 건 친구들이 아니라 내 감정이라는 걸 알면서도. 그렇게 어느샌가 나는 내가 마음대로 감정조절을 할 수 있는 사람이라고 세뇌하며 '무표정'이라는 가면을 쓰고 살고 있었다. 이 '무표정'이라는 가면은 꽤 쓸만한 것이었다. 상시에 무표정한 사람이라면 그 사람이 기분이 나빠져서 표정이 좋지 않을 때와 구분하기 어려울 것이라는 게 나의 생각이었다. 종종 나를 싫어하는 사람을 볼 때면 내가 만만해서라 여기고, 아무 표정을 짓지 않으면 나를 만만히 보고 싶어하지 않을 것이라 생각해 무표정이라는 가면을 더욱 두텁게 만들어나갔다. 나도 사람이다 보니 무표정이라는 가면을 항상 제대로 쓸 수만은 없었다. 살다 보면 진짜 재밌는 것을 보고 마음껏 웃고 싶을 때도 있지 않은가? 하지만 그때는 '이렇게 크게 웃으면 나중에 내가 기분이 안 좋아져서 정색했을 때 사람들이 내가 변덕이 엄청 심한 줄 알겠지? 그럼 날 안 좋아하게 되겠지.' 라는 생각에 웃는 것마저 마음대로 하지 못했을 때가 있었다. 함박웃음 대신 어색한 미소를 지으며. 일부러 웃음소리를 조절해가며 말이다. 웃는 것도 마음대로 하지 못하는 것이 괴로웠는데, 가면을 쓰면 그것이 끝이 아니었다. 그냥 아무 생각 없이 울고 싶을 때나, 화가 나서 화를 표출하고 싶은 상황에도 그걸 그대로 표출하면 주변 사람들이 나를 싫어하게 될 것이라고 생각해 나의 감정을 마음대로 표현하지 못하였다. 그 사실 자체가 엄청나게 괴로웠다.

하지만 나는 이제 그 가면을 조금씩 벗고 있다.

이 세상에는 내가 무엇을 하든 나를 좋아하는 사람이 있고, 반대로 내가 무엇을 하든 나를 싫어하는 사람도 있다는 것을. 의도하진 않았지만 내가 모르는 누군가가 만든 상황이 나의 기분을 상하게 만들 수도 있고, 반대로 나도 누군가에게 그랬을 수 있다는 것을 이제는 안다.

그리고 이 모든 것은 나의 잘못도, 다른 누군가의 잘못도 아니라는 것을. 그냥 일어나야 하는 일이 일어났다는 것을.

어찌 보면 가면 속의 나는 계속해서 좋은 일만 일어나기를 바랐던 조금은 이기적인 사람은 아니었나 싶다. 좋은 일만 일어나는 것을 바라기보다는 나를, 나의 마음을 부정하지 않고, 나쁜 상황이 일어난다고 해도 그것을 있는 그대로 받아들일 수 있게 되며 가면을 조금씩 벗게 된 건 아닌가 싶다.

앞으로 있는 그대로를 받아들이려 노력하고, 나의 감정을 제대로 표현하며 살아갈 것이다.

계속 시도하자

어느샌가 책과 펜보다 양쪽 엄지손가락 두 개로 핸드폰에 글을 쓰는 게 더 편한 나를 발견했다. 왜일까 생각해보니 썼다 지우기를 마음껏 반복해도 지운 게 티가 나지 않아서였다.

종이에 쓴 글은 지우면 티가 났다. 핸드폰은 썼다 지웠다 해도 티가 나지 않으니 말이다. 나는 한 번에 글을 척척 써내야지만 글을 잘 쓰는 사람으로 인정받을 수 있다고 생각했다. 더 많이 지울수록 더 못난 것만 같은 기분이 들었었다.

다른 사람이 내 공책을 볼 때 수정을 많이 한 티가 나면 나를 글 못 쓰는 사람이라고 볼 것만 같았다.

그래서 종이에 쓴 글을 펜이나 지우개로 쓱쓱 지울 때면 나 스스로 글을 못 쓰는 사람이라고 느꼈고, 한동안 대부분의 글은 모두 핸드폰으로 작성했을 때가 있었다.

그렇게 시간이 흐르고, 나는 핸드폰으로만 글을 작성하는 데에 한계를 느꼈다.

그러던 어느 날, 우연히 유튜브에서 한 소식을 접하게 되었다.

일론 머스크의 회사인 스페이스X의 화성 우주선 스타십이 4번의 실패를 겪고 마침내 5번째 시도에서 착륙에 성공했다는 것이었다.

남들이 볼지 안 볼지도 모르는 노트에 글을 한 번에 쓰지 못하는 게 부끄러워서 핸드폰으로 몰래 쓰려고 한 나였다. 전 세계인들이 모두 지켜보는 가운데에서 실패할지도 모르는 시도를 계속 해나가는 모습, 남들의 시선을 의식하지 않고 본인이 하고 싶은 것을 묵묵히 해나가는 멋있는 모습을 보면서 결심했다. 이제부터 다시 종이 위에 글을 써야겠다고.

다른 사람의 말

　살다 보면 나도 모르게 남의 말을 끊게 되는 경우가 있다. 이유는 다양하겠지만, 가장 주된 이유는 내가 하고 싶은 말이 있어서 입이 근질거렸기 때문일 것이다. 내가 가진 생각을 지금 말하지 못해 답답하고 괴로울 수 있다. 당장이라도 모든 이야기를 하고 싶을 것이다. 하지만 그때뿐이다. 조금만 참으면 상대방에게 나의 의견을 전달할 수 있는 방법은 많다. 그렇지만 다른 사람들의 생각을 들을 수 있는 것은 오직 그때 뿐일지도 모른다. 지금 당장 말하지 못해서 조금 괴로울 수도 있지만, 그 괴로움을 조금 참고 상대방의 얘기를 듣는다면 전혀 생각지도 못했던 새로운 세상의 이야기가 펼쳐질 줄 누가 알겠는가?

까맣고 조용한 밤

까맣고 조용해서 모두가 잠든, 밤.

오늘도 까맣고 조용한 순간에 나는 기억 속 여정을 떠난다.

때로는 진심을 꺼내 얹어 놓을 수 있는 까만 전시관으로 향한다.

때로는 재밌었던,

혹은 슬펐었던 추억을 상영하는 까만 영화관으로 향한다.

그것도 아니면,

그 어디든 가고 싶은 곳으로 들어갈 수 있는 까만 문으로 향한다.

까맣지만 가장 다채로운,

조용하지만 가장 시끌벅적한,

아무도 없지만 가장 많은 사람과 만나는

바로 그 시간

밤.

거꾸로 생각해봐요

'요'즘 따라 되는 일이 없는 것 같다면

'봐'야 하는 것만 보고 살아야 한다고 생각했다면

'해'로운 것들만 내 주위에 있다고 생각한다면

'각'박한 세상 속에 갇혀 있다고 생각한다면

'생'각한 대로 일이 잘 풀리지 않는다면

'로(노)'력한 만큼 결과가 잘 나오지 않는다면

'꾸'물대는 나 자신이 맘에 들지 않는다면

'거' '꾸' '로' '생' '각' '해' '봐' '요.'

인생이라는 책

나는 보통 책을 볼 때 한번 본 것은 웬만하면 다시 보지 않았다. 책은 항상 내 곁에 있으니 나중에 다시 보면 그만이라는 핑계를 대면서 말이다. 항상 '나중에 보면 되지, 나중에 볼 거야.' 하며 흐지부지되기 십상이었다. 그런데 어느 날 인터넷으로 검색하다가 본 명언이 떠올랐다.

"인생은 한 권의 책과 같다.
어리석은 사람은 대충 책장을 넘기지만,
현명한 사람은 공들여서 읽는다.

그들은 단 한 번밖에 읽지 못하는 것을 알기 때문이다."

이 명언은 독일의 소설가 장 파울이라는 분이 쓰신 명언이다.

곰곰이 생각해보니, 나는 어떠한 상황이나 기회가 주어졌을 때 '에이 이런 기회 나중에 또 올 텐데, '이런 상황 많이 있을 텐데'. '지금은 좀 귀찮으니까. 오늘은 좀 피곤하니까. 내일 해도 되니까. 라는 핑계를 대며 지금 할 수 있는 것을 뒤로 미루거나 흐지부지 마무리하지 못했던 적이 많았다. 만약 내가 책을 읽는다면 집중해서 읽지 못한 부분이 있을 때 앞으로 되돌아가면 그만이다. 하지만 나의 인생은 앞으로 되돌아갈 수 없다. 기회가 다시 온다는 보장도 없다. 앞으로 다가오는 순간들이 어떤 순간들인지는 모르겠지만 언제 다시 올지 모르기에 매 순간 최선을 다할 것이다.

인생이라는 책은 다시 앞으로 넘겨서 읽을 수 없으니.

당연한 것은 없다
당연하게도

일상[日常]: 날마다 반복되는 생활.

우리는 비슷비슷한 나날을 보내며 익숙함의 반복에 권태를 느낄 때도 많다. 일상을 당연하게 생각한다. 하지만 여러분이 어딘가에 앉아서 이 글을 읽고 있는 것도, 밥을 먹는 것도, 주말이 되면 쉬는 것도. 일하면 정당한 돈을 받는 것도, 한글을 사용하고 대한민국이라는 나라에 살고 있다는 것. 그리고 부모님이, 친구가, 연인이 곁에 있는 것도 절대 당연한 것이 아니다. 나보다 먼저 이 세상을 떠나간 누군가의, 혹은 당신의 옆에 있는 누군가의 당연하지 않은 노력이 우리가 당연하다고 생각하는 지금을 만들었다. 우리가 당연하다고 느끼는 이 일상을 만들기 위해 당연하지 않은 노력을 하신 많은 분들(어쩌면 지금 내 곁에 계실지도 모를) 분들에게 오늘 하루쯤은 감사의 인사를 전해보는 게 어떨까?

다가올 때는 두렵지만,
떠나니 허전한 것

오는 파도를 좋아할 이유도, 가는 파도를 싫어할 이유도 없다.

파도가 빨리 오길 바랄 필요도, 빨리 가길 바랄 필요도 없다.

어떤 파도가 제일 아름다운지 재고 따지려 들지 마라.

모든 파도는 때가 되면 생겨 나에게 오거나. 나를 떠나는 것.

빨리 사라지는 파도도, 늦게 사라지는 파도도 결국엔 나에게 오거나. 나를 떠나는 것.

오는 파도는 막지 마라.

다가올 때는 두렵지만, 떠나니 허전한 것.

오는 파도는 막지 말고, 가는 파도는 내버려 둬라.

곧 바위에 부딪혀 옅은 신음을 내뱉을 운명이라도.

나만이 할 수 있는 것

미용실을 다녀온 날엔 미처 씻겨 내려가지 않은 머리카락들이 내 얼굴이나 머릿속에 붙어있어 떼어내야 한다.

미용실에 있을 때는 미용사분이 정성껏 머리를 감겨주셨겠지만, 집에 오면 남은 머리카락을 떼야 하는 건 나 자신이다. 귀찮다고 털지 않으면 남아 있던 머리카락들이 방바닥에 떨어져서 발에 밟히거나 옷 사이에 들어가서 등을 따갑게 만든다. 머리를 터는 그 몇 초를 귀찮아라 한다면 그 대가로 더 큰 귀찮음과 불편함, 그리고 손해를 감수해야 한다.

하물며 머리카락도 털지 않으면 이러한 문제가 생기는데, 인생에서 자신만이 해야 하는, 할 수 있는 일을 하지 않았을 때 발생하는 문제는 더 말할 필요가 있을까.

이 세상에는 나만이 할 수 있는 것이 있다. 잠시라도 괜찮으니 나만 할 수 있지만 귀찮아서 미뤄뒀던 것들에 대해 생각해보는 것은 어떨까?

지나간다는 것

지나온 길은 지나간 것이고, 나는 계속 나아갈 일만 남았다. 그래도 뒤를 돌아보고 싶은 마음은 어찌할 수가 없다.

지나갈 것은 계속 지나간다. 시간도. 사람도. 후회도. 기쁨도. 고통도.

무언가가 지나간다는 것. 그것은 우리에게 무슨 의미일까?

좋은 것이 지나간다는 건 우리에게 아쉬운 일이다. 계속 갖고 싶은데, 떠나가 버리니 말이다.

우리가 싫어하는 것도 또한 지나간다. 삶에서 피치 못한 것들. 하지만 그것들도 언젠간 우리 곁을 떠나버린다.

좋은 것이든, 싫은 것이든, 떠나갈 것은 떠나버리기에 그 나름의 아쉬움과 그리움, 후련함을 가질 수 있지 않나 싶다.

좋아하는 게 떠났을 때 생긴 아쉬움은 다음엔 더 잘해야겠다는 다짐을 하게 해주고, 그리움은 그 존재를 더 아름답게 만들어 준다.

좋은 것이 떠나도 너무 슬퍼하지 마라. 다음에 너에게 오는 것은 더 좋은 것이리라.

좋은 것이 떠나도 너무 슬퍼하지 마라. 떠나고 남은 아쉬움과 그리움이 너를 더 좋은, 강한 사람으로 만들어 줄 것이다.

세상에서 제일 부끄러웠던 순간

알몸으로 밖을 돌아다닐 때? 고백했다가 시원하게 차였을 때? (이 모든 순간보다 부끄러울 순간을 꼽을 수 있는가?)

내가 생각하는 가장 부끄러운 순간은 남에게는 이렇게 해라, 저렇게 하라 말하면서, 정작 그렇게 말한 나는 지금까지 잘 해왔는지 떠올릴 때이다. 그 순간을 떠올리면 내 딴에는 조언이라고 한 말을 다른 사람에게 할 자격이 있는지 의문이 들기도 한다. 그 전에 나의 마음과 말과 행동이 하나의 뜻으로 뭉쳐있는지 먼저 확인해 볼 필요가 있으리라.

어느 날에는 '그동안 어떻게 지냈어요?'라는 질문을 들은 적이 있었다. 그 질문을 들은 순간 내 얼굴은 마치 추운 겨울에 정처 없이 떠돌다 히터가 틀어져 있는 곳으로 들어간 것처럼 화끈거렸다.

이내 그 화끈거림은 사라졌지만, 나 자신을 성찰하며 부족함을 스스로 깨달을 수 있게 해준 그 질문에 대한 감사함은 아직도 남아 있다. 그 질문은 무기력하게 놀고먹기만 했었던 내가 자신을 외면

하는 차가운 공간으로부터 있는 모습 그대로를 사랑해주는 따뜻한
공간으로 올 수 있게 해주었다.

아는 것이기에 더 열심히

건물과 관련된 큰 사고들의 가장 큰 이유는 대부분 '이 정도는 괜찮겠지'라는 안일한 생각 때문에 벌어진다고 한다. 어떤 곳은 다른 곳보다 더 위험하고, 어떤 식으로 조치하지 않으면 어떤 일이 벌어질지 몰라서 발생하는 것이 아니라는 것이다. 안된다는 것을 알면서도 이 정도는 괜찮을 것이라는 안일한 태도 때문에 벌어지는 일이다.

가만 생각해보니, 우리 인생도 건물처럼 몰라서라기보다, 본인의 안일함으로 인해 피해를 보는 경우가 많은 것 같다. 올라가면 안 된다는 표시를 봄에도, 충분한 재료를 써야 함에도, 우리는 '이 정도는 괜찮겠지' 라는 생각으로 잘못된 선택을 한다.

처음에는 괜찮아 보인다. 올라가도 괜찮을 만큼 튼튼해 보이고, 겉보기에는 재료를 충분히 쓴 것처럼 보인다. 하지만 그런 안일한 행동들이 쌓이고 쌓이다 보면 어느새 무언가가 부실해지기 마련이다.

그렇게 부실해진 무언가는 전체에 악영향을 주기 마련이다.

지금은 이렇게 놀아도 괜찮겠지. 오늘은 좀 늦게 자도 괜찮겠지. 하며 합리화를 하고, 그런 과정이 반복되게 되면 악순환의 고리에 빠지게 되고 결국은 무너지게 될 수밖에 없다.

그렇기에 내가 아는 것이라고 얕잡아보지 말고, 오히려 아는 것이기에 더 지키려고 해야 한다.

왼쪽 위의 초록 화살표

컴퓨터로 글을 쓰다 보면, 왼쪽 위에 회색의 무언가가 생긴다. 그 무언가에는 정사각형 박스가 있고, 그 안에는 한글이 적혀있다. 오른쪽에 초록 화살표를 단 채로. 그 박스가 생기면 한 글자씩 밀려서 글이 써진다. 아주 거슬린다. 글을 쓰는 중에 이런 박스들이 여러 번 생겼다. 한 번도 아니고 여러 번. 이 거추장스러운 문제를 해결하기 위해 나는 인터넷에 바로 검색했다.

'왼쪽 위 초록 화살표'. 뭔가 더 좋은 검색어가 있었겠지만 당시 나에게는 그것이 최선이었다.

구글에 검색한 뒤에 첫 사이트를 방문했다. 내용은 이러했다. '단순한 오류이니 걱정하실 필요 없습니다...?'

아니 오류인 건 아는데, 불편해서 그래요... 어떻게 그런 무책임한 글이 상단에 있는지 정말 알 수가 없었다. 그걸 몰라서 이런 걸 검색하는 사람이 과연 몇 명이나 있을까.

언짢은 마음을 뒤로하고 다른 사이트들을 들어갔다 나오기를 반복했다.

블로그들에 아주 전문적인 것 같은 정보들이 많이 있었다.

'아. 감사합니다.' 블로그에서 하라는 대로 대강 해봤더니 문제는 해결되는 듯싶었다.

뿌듯한 마음으로 글을 써 내려가고 있을 무렵이었다.

"엥 이게 뭐야?" 그 원수 같던 초록 화살표가 다시 나타났다. 모니터 왼쪽 위에 말이다.

'아니 이렇게 저렇게 하면 화살표가 안 나타난다면서.' 참 허탈했다. 해결된 듯하다가 시간이 지나니 원래대로 돌아가 버렸다.

망연자실하며 반포기 상태로 또 구글에서 검색하기 시작했다.

전문적으로 보이는 글들은 다 들어가 봤기에, 커뮤니티 사이트 같은, 블로그보다는 신뢰도가 조금 떨어지는 글들 말고는 딱히 선택지가 없었다.

지푸라기라도 잡는 심정으로 커뮤니티에 올라와 있는 글을 클릭
했다.

"이거 왼쪽 위에 화살표 안 나타나게 하는 법 좀요... 검색해서
사람들이 하라는 대로 했는데 그대로네요." 나와 같은 심정을 느꼈
던 사람들이 있구나, 생각했다.

다행히 그 질문에 답을 해준 사람들이 있었다.

"그거 바탕화면으로 나와서 한영 키 누르면 사라질걸요?"

'앗? 이렇게 간단했다고? 아니야. 내가 이렇게 열심히 찾았는데
설마 이렇게 간단하게 해결이 되겠어?' 나는 반신반의했다. 하지만
그 답을 해준 사람의 말을 따를 수밖에 없었다. 그것 말고는 다른
수가 없었기 때문이다. 나는 모든 창을 최소화하고 바탕화면이 보
이도록 만들었다.

바탕화면에 나오자마자 신경질적으로 '타다가' 한영 키를 두 번
눌렀다. 믿진 않았지만 하는 기대감에 심장이 조금은 두근거렸던
것 같다. 드디어 이 눈엣가시 같은 화살표 녀석이 사라지는 것인가.

결과는 매우 성공적이었다. 세상에, 이렇게 간단한 방법이 있었다니. 허탈하기도 하지만 결국 해냈다.

오늘 이 초록색 화살표와의 씨름에서 승리한 뒤에 얻은 세 가지 교훈이 있다.

1. 포기하지 말고 끝까지 하자.

2. 꼭 전문적으로 보이지 않는 것일지라도 상황에 따라 도움이 될 수 있으니 한 번쯤은 생각을 해볼 필요성이 있다.

3. 한가지 길만 고집하지 말고 다양한 시선을 가지고 넓게 보자.

오늘만은

오늘만은,

귀찮아서 아무것도 하기 싫어도.

핸드폰을 조금 더 보고 싶어도.

늦잠이 자고 싶어 침대에서 한발짝도 움직이기 싫더라도

오늘만은,

미리미리 준비해보자.

조금 더 일찍 나가면 조금 더 여유로워진다.

많이 일찍 나가면 많이 여유로워진다.

일찍 나가면 시간에 쫓겨 보지 못했던 것들을 보게 된다.

끝없이 펼쳐진 푸른 하늘 위를 천천히 거니는 구름과, 전봇대 위에 걸터앉은 새. 사람들이 벤치에 앉아 도란도란 피우는 이야기꽃.

이내 우리는 깨닫게 된다. '세상이 이렇게나 아름다운 곳이었나.'

아무런 목적 없이

아무런 목적 없이, 아무런 걱정 없이, 그저 달리고 싶다는 이유 하나만으로 이 세상에 나를 맡기고 내달려보았던 마지막 순간은 언제인가?

땅이 있고 내가 있기에 마냥 신나게 달렸던 어릴 때의 나처럼 말이다.

갑자기 뛰면 사람들이 나를 이상하게 보진 않을지, 뛰다가 삐끗해서 다치면 어떡할지, 같은. 자잘한 걱정으로 위장한 핑계들 없이 말이다.

어쩌면 우리는 옆에 정말 소중한 것이 있음에도 불구하고 계속 앞만 보며 행복을 쫓는것은 아닌가 싶다. 예전에는 그냥 산책만 나오면 좋고, 자연이 있어서 좋고, 지금 여기라서 좋고. 다 좋았었는데, 아무 연유 없이 걷기도 하고, 뛰기도 했다. 때로 넘어지기는 했지만 바로 다시 일어나서 해맑게 걸었다.

마지막으로 목적이 없이 어딘가를 돌아다니거나 뛰어다녀본 적은 언제인가?

목적을 향해서 달려 나가는 것은 좋다만은 지금 5분이라도 현재 내가 가지고 있는 것들에 대해 생각해보고 감사하는 마음을 가져보는 것은 어떤가?

일단 자라

일단 자라.

자는 동안 우리의 무의식은 복잡한 마음을 정리하는 것을 도와준다.

마음이 울적하고 뭘 해야 할지 모르겠다고 생각하면 일단 자라. 푹 자고 일찍 일어나서 어떻게 해야 할지를 생각해보자.

괜히 우울한 마음에 늦게 자면 더 울적해지고 괜히 야식이 당기고 금방 올 것 같던 잠도 떠나가 버린다. 우선 자고 나서 생각해보자.

우리의 뇌는 자는 동안 우리가 생각하는 문제에 대한 답을 무의식 속에서 계속 찾아내고, 정리하려 한다.

답이 없고, 아무것도 보이지 않는 것처럼 보인다면 그냥 자라. 일어나면 거짓말처럼 자기 전과는 다른 무언가가 생각 날 것이다.

일단 해보자

해본다. 해보는 것은 중요하다. 아무것도 하지 않으면 아무 일도 일어나지 않기 때문이다.

사랑도, 일도, 그 밖의 다른 것들도 해봐야만 알 수 있는 것이 있다.

하지만 사람들은 잘 안 맞을 것 같다는 이유, 지금은 뭔가를 하기에는 귀찮다는 이유로 새로운 것을 거부하는 것 같다. 해보고 생각해도 늦지 않는 것들이 많이 있는데도 불구하고 말이다.

혹자는 말했다. 치과에 가서 의자에 앉아 두려움에 떨고 있다 보면 어느새 진료가 다 끝나있다고.

우리의 인생도 이와 다를 게 없다. 두려움에 행동하지 않는다면 말이다. 인생이 가져다줄 두려움에 떤 채로 아무것도 하지 않다가는 허무하게 인생이 끝나있을 것이다. 그렇기에 새로운 무언가를 해보는 습관을 들이는 것은 정말 중요하다.

쓸모없는 존재라고 느껴질 때

아무런 쓸모가 없는 것 같은 돌멩이도 흙이 바람에 날리거나 빗물에 쓸려가는 걸 막아줘서 식물이 자라는 데 도움을 준다. 땅 위에 있는 돌멩이는 지렁이 같은 작은 동물들의 안식처가 되고, 물속에 있는 돌멩이는 조그만 물고기들의 집이 되기도 한다. 어딘가에선 돌탑을 쌓아 소원을 빌기도 한다. 사람도 똑같다. 평범하기 그지없더라도 곰곰이 생각해보면 어디에선가는 내가 거기 있다는 그 자체만으로 도움을 받는 사람들이 있을 것이다.

돌멩이는 도움을 줄 것이라는 생각으로 그 곳에 있는 것이 아니다.

그냥 거기에 있었는데 저도 모르게 도움을 주고 있는 것이다.

우리도 마찬가지이다. 나 자신이 아무것도 아닌 것처럼 느껴지고 공허할 때, 곰곰이 생각해보자.

여태껏 느끼지 못했을지라도, 우리들은 누군가의 땅이나 바다에서 그들을 도와주고 있다.

어느 신성한 곳에 있는 돌탑의 일부가 되어 사람들의 소원이 이루어지는 것을 도와주고 있을지도 모르는 것이다.

말로는 표현할 수 없는

내가 감기 기운이 있던 어느 날, 어머니는 병원에서 약을 타 오라고 말씀하셨다.

병원에 가기 귀찮았던 나는 괜한 트집을 잡았다.

"미국 같은 나라에서는 알아서 잘 참아, 약 없이도 낫는 가벼운 질환인데 괜히 약 먹었다가 건강 망치면 어떻게해."

그때였다.

"엄마·아빠가 못 배워서 그래. 못 배워서."

아버지의 목소리였다.

내가 아닌 다른 곳을 쳐다보며 민망하다는 듯, 그렇게 아버지는 말씀하셨다.

순간, 아버지의 얼굴을 본 나는 멍해졌다.

얼굴이 화끈거리고 가슴이 미어와 말을 이어갈 수 없었다.

천하의 못된 자식이 된 것만 같아 송구스러웠다.

아니 그 순간만큼은, 내가 천하의 못된 자식이 맞았을 것이다.

나는 아버지가 말씀하시는 모습을 쳐다보며

짧은 순간에 많은 생각을 했다.

말로는 표현할 수 없는.

평계

모든 방법을 시도해봤는데 안 된다...? 그 말은. 그냥 안된다는 말이다. 본인이 '안될 사람'이어서 뭘 해도 안 된다는 뜻입니다.

여러분은 자신이 '안될 사람'이라고 생각하시나요? 아니면 '될 사람'이라고 생각하시나요? 본인이 안 될 사람이라고 생각한다면, 현실에 불만을 품으며 남들에게 세상의 부조리함에 대해 떠들고 다닐 것입니다. 본인이 될 사람이라고 생각한다면, 그 '모든 것'은 내가 아는 모든 것이지 세상에 존재하는 모든 것이 아니라는 것을 알고 있는 것입니다. 그 '모든 것'은 일부분이라는 것을 알고 있는 사람 입이다. 언젠가 우리가 될 것인데, 지금 되지 않으면 우리가 아는 방법 중에는 되는 방법이 없다는 얘기입니다. 그러면 어떻게 해야 할까요?

우리가 모르는 방법을 배우고 적용해보면 됩니다! 되지 않았던 이유를 생각하고 고민하며 앞으로 나아가는 것은 좋습니다. 하지만 바보 같았던 과거의 나에게 이입하여 더 많은 시간을 허비하는 것은 굉장히 무모한 짓입니다. 지금은 바보 같아 보이지만, 그 당시에도 자신을 바보 같다고 생각했었나요? (아 공부해야 되는데 유튜브 보네. 나도 참 바보 같다. 라고 잠시 생각했을 수는 있지만 그 동영상의 내용이 무엇인지 보기 위해 집중하면서도 과연 그런 생각이 들었을까요?) 당신이 그때 행동한 것들은 당신의 뇌에서 그것이 최선이라고 생각했기 때문입니다. 그것이 의식적이든 무의식적이든 간에 말입니다. 공부해야 되는데 유튜브만 본건 최선의 선택이 아니라고요?

아니요. 그것은 최선의 선택이 맞습니다. 공부하기 싫은 본인의 뇌가 무의식중에 우리에게 놀라고 명령을 내렸고, 그랬기에 우리가 논 것입니다. 공부가 하고 싶었으면 공부했겠죠.

예전의 부족했던 나를 인정하고 만약 지금까지의 방법으로 내가 원하는 결과가 이루어지지 않았다면 그것을 이루기 위해 예전과는 다른 방법을 찾고 적용해나가야 할 것입니다.

(본인이 진심으로 원하는 일이면 집중하고 몰입하며 어렵더라도 계속 진행할 수 있는 힘이 생길 것입니다.)

걱정하는 너에게

세상 모든 일은 너의 마음가짐에 달려있어. 때로는 고통스러울 수도 있고 그렇지 않을 수도 있겠지. 하지만 고통이 있기에 행복이라는 가치가 더 뜻깊게 다가오는 건 아닐까 싶어. 지금 당장은 힘들 수도 있겠지. 그렇지만 네겐 그 시간을 어떻게 받아들이고, 어떻게 반응할지에 대한 자유가 있어. 고통과 아픔을 원동력이나 새로운 시작의 자극이라고 생각하는 사람들이 있는 것처럼 말이야. 잘하고 있는지, 못하고 있는지가 궁금할 수도 있겠다. 하지만 잘하고 있다고 해서 안심할 이유도, 잘못하고 있다고 낙심할 이유도 없다고 생각해. 무엇보다 지금 이 순간부터 네가 어떻게 행동하고, 생각하며, 느끼는지가 중요한 것 같아. 앞으로 많은 일들이 있겠지만 그때마다 흘러가는 대로, 느끼는 대로 살면 된다고 생각해. 너 자신을 온전히 받아들이는 거야. 혹여나 '나'라는 모습 중에 싫은 구석이 있어도. 그런 모습조차도 사랑해 주는 거야. 극복해 나갈 수 있다면 극복해 나가는 너의 모습을 사랑하고, 그렇지 못하다면 그것이 너의 일부임을 인정하면서 감싸 안고 받아들이면서 말이지. 그렇게 자신을 도우면서, 보듬어가면서 그렇게 살아가 보자고. 항상 행복할 수는 없지만, 그렇기에 더 아름다운 인생이 아닐까

좋아하는 일을 찾는다는 것

나는 어려서부터 노래를 좋아했다. 슬픈 음악은 기분이 좋지 않은 나를 안아주었고, 희망찬 음악은 나를 다독여주었다. 신나는 음악은 좋은 일이 있을 때 나와 함께 기뻐해 주었다. 진심으로 어떤 존재와 소통하는 기분이 들었다. 그때 만큼은 세상을 다 가진 듯했다. 남들에게 노래를 불러주고 그들이 나로부터 희망을 얻었으면 좋겠다는 생각에 나는 노래를 부르기로 결심했다.

어떨 때는 내가 노래를 잘 부르지 못한다는 사실에 분해서 눈물이 나기도 했다. 엉망진창이었던 음정과 박자, 그리고 마음처럼 올라가지 않는 고음은 물론이고, 잘 부르는 것처럼 들리게 하기 위한 기교는 내가 들어도 손발이 오그라들 만큼 별로였다. 그때의 나는 한창 예민했었는지 노래를 잘하지 못하는 스스로가 미워서 '나는 왜 이렇게 태어났을까?' '이 세상에 존재하지 않았다면 이런 고민도 하지 않았을 텐데' 같은 나쁜 생각들을 했었다. 하지만 다행히도 극단적인 생각을 할 용기보다 노래를 잘하고 싶은 열망이 더 컸다. 그래서 유튜브에서 '노래 잘 부르는 법'이나 '발성 좋아지는 법'같은 동영상을 계속 찾아보았고, 부른 노래를 녹음해서 들어보거나 원

곡과 비교해 부르면 나아질 수 있단 말을 듣고 그대로 실천해보기
도 했다.

지금 당장 조금이라도 더 나아질 수 있는 방법이 있다면 그게 무
엇이든 간에 터득하려 했고 못 하는 것은 어떻게 하면 해낼 수 있
을지에 대해 계속 생각하고, 또 생각했다. 그야말로 깨어있는 동안
에 내가 1초라도 집중할 수 있는 순간에는 노래에 대해서 생각했
고, 또 생각했다. 지금 와서 돌이켜보면, 어떻게 지치지도 않고 계
속 노래만 불렀는지 신기할 따름이다. 하지만 그때는 노래를 부르
며 지쳐가는 느낌과 상태마저도 너무나 좋았던 것 같다. 정말 뿌듯
했었다. 극단적인 생각까지 했었던 나에게 노래에 집중하는 모든
순간은 내가 살아가는 이유가 되었다. 고통의 연속이라고 느껴졌
던 삶이었지만 그래도 노래를 부르고 싶어서, 노래를 부르기 위해
서 살고 싶었다.

아무도 신경 쓰지 않는, 신발에 밟히기만 하는 존재였다고 생각
했던 나라는 흙 위에 바람을 타고 어디선가 노래라는 씨앗이 내려
앉았다. 흙은 처음에 자기와 다르게 생긴 무언가가 자기가 있던 자
리를 차지하자 그 녀석을 싫어했다. 하지만 씨앗은 말없이 뿌리를
내려 그들을 보듬어 주었다. 홍수로부터 쓸려나갈 위험도 막아주

었고, 시간이 지나자 그 씨앗에서는 잎이 자라나 흙을 거친 빗방울들로부터 막아주었다. 나중에는 예쁜 꽃도 피워 흙들의 눈을 기쁘게 해주었다. 흙은 그 씨앗이 본인들을 지켜주어 그 녀석을 더는 싫어하지 않았지만, 본인과 다르게 예쁜 꽃을 피우는 것을 보니 질투가 났다. 그러다 시간이 더 지나고 씨앗과 씨앗이 만들었던 잎과 꽃들은 모두 시들어 없어졌다. 나중에 흙들은 깨달았다. 그렇게나 부러워했던 씨앗에게 양분을 준 것은 본인들이었다는 것을. 보잘것없어 보였던 자기들도 사실은 가치 있는 존재였다는 것을.

살면서 단 한가지 질문만 던질 수 있다면?

살면서 단 한 가지 질문만 할 수 있다면 어떤 질문을 해야 할까?

사람은 망각의 동물이라고 생각한다. 바쁜 현실과 일상의 당연함에 익숙해진 나머지 소중하게 생각해왔던 것들을 잊는다. 그렇기에 우리가 진정 중요하다고 생각하는 것이 있다면, 이따금씩 상기할 필요가 있다고 느꼈다. 그래서 '내가 지금 놓치고 있는 것은 무엇인가? 라는 이 질문이 내가 해야 하는, 하고 싶은 질문이라고 생각한다. 아무리 명석하더라도 부족한 것이 있기 마련이다. 이 질문은 그 부족함을 인지하고 메꿔가기 위해 꼭 필요한 것이라 생각한다.

계속해서 생각하게 만듦으로써 행동하며 개선하는 삶을 사는 데에 도움을 준다. 지금 내가 하는 생각이 다가 아님을 인지하고 겸손한 마음과 항상 배우는 자세를 가질 수 있다고 생각한다. 어쩌면 내 마음 한 켠에 숨어 반짝이고 있는 나의 보석 같은 생각들을 다시 발견할 수 있을지도 모를 일이다. 좋은 사람들이나 어떤 우연한 기회로 인해서 내가 어느 방향으로 어떻게 가고 있는지 또 가야 하는지를 깨달을 수도 있겠지만, 인생을 살면서 항상 외부에만 기댈 수는 없기에 이런 질문을 스스로 던져 본인에게 진정으로 중요한 가치는 무엇인지, 그것을 잊고 사는 것은 아닌지, 잊고 산다면 왜 잊고 사는지를 떠올려보며 답을 찾아가야 한다. 깨끗한 물도 고이면 썩어버리는데 하물며 생각이라고 다를 바가 있을까. 이 질문을 통하여 기존의 생각에 다른 생각들이 흘러들어오고, 또 나갈 수 있게 생각의 통로를 터 줌으로써 성장해 나갈 수 있지 않을까?

소망

"나는 글이 되고 싶어. 내가 세상에 없을 때도 꾸준히 누군가에게 영향을 줄 수 있는 글."

"너는 뭐가 되고 싶어?" 라 묻는다면, 나는 주저 없이 바로 이렇게 말할 것이다.

나는 내가 아닌 글로써 기억되고 싶다. 나라는 이름이 아니라 어떤 상황에는 어떻게 해야 하고, 이러이러해도 괜찮다. 라고 위로해 주는 글귀로 세상에 남고 싶다.

나는 언젠가 이 세상을 더 이상 보지 못한다. 하지만 내가 남겼던 것만큼은 이 세상이 볼 수 있다.

내가 했던 생각들. 내가 느꼈던 감정들. '이렇게 했었더라면 더 나았을까?' 하는 후회들.

내가 있었다는 사실을 세상에 알리고 싶다. 세상에 가치를 전달해 주는 글이 되고 싶다.

나의 일상을 소중하게 생각하며 느낀 삶의 아름다움을 종이 위에 살포시 얹어 다른 이들에게 전해주고 싶다.

그 아름다움이 전해져 그들도 이 세상이 아름다운 곳이라는 것을 조금이라도 알게 되었으면 한다.

◆　신은혜

인생 32년 차!
내 이야기를 시작으로 새로운 직업, 작가
에 도전한다. 육아 및 간호 관련 블로그
운영 중. 이 글을 쓰던 중 운 좋게 블로그
를 통해 출간 제의를 받아 간호사 관련
책 준비 중이다.

BLOG blog.naver.com/f9818

글을 쓰기로 했다

글을 쓰기로 했다. 누군가에게 읽혀지는 글을 쓰기란 정말 어려운 일이지만, 그럼에도 막연히 글을 쓰고 싶다는 생각을 했다. 어려서부터 성공하면 꼭 글을 써야겠다고 다짐했는데, 성공하고 글을 쓰려면 죽기 전까지 글을 쓸 수 없겠지. 어떤 글을 써야 할지, 나는 왜 글을 쓰고 싶은지 고민하던 찰나, 브런치에서 자기 삶의 이야기를 그냥 써보라는 한 작가님의 글을 발견했다. 세상에 똑같은 삶은 없으므로…. 그 말에 용기를 얻어 내 이야기를 시작으로 글을 쓰게 되었다. 누군가에게 위로와 희망을 전하는 글을 써야 한다는 강박감이 들기도 했지만, 단 한 명이라도 내 이야기에 공감한다면 그것으로 만족하기로 했다. 나는 왜 글을 쓰고 싶은 것일까? 지금은 내 곁을 떠난 나의 아버지는 시와 글을 굉장히 사랑하시던 분이었다. 너무 오래전에 돌아가셔서 내용까지 기억하진 못하지만, 공책에다 매일 당신 안에 있는 것들을 적어내곤 했다. 속세를 떠나 글만 쓰셨다면 성공하셨을지도 모른다. 어린 마음에 엄마가 돌아가신 아버지의 글을 보고 마음 아파할까 봐 아버지의 공책들을 모두 버렸는데, 지금 와서 생각해보면 참 아깝다는 생각이 든다. 각설하고, 아마도 아버지의 이런 모습들에 영향을 받은 것 같다. 유전자의 힘인지 환경의 힘인지 잘 모르겠지만, 자꾸 부모와 비슷한 무언가를 쫓게 된다.

막연히 글을 쓰겠다고 했지만 어떤 글을 쓰는 사람이 되고 싶은지는 이 짧은 글을 시작하고 나서야 생각해보게 되었다. 이 글이 시작이 될지 마지막이 될지 알 수 없지만(물론 시작이 되고 싶다), 감히 누군가에게 힘이 되는 것까진 바라지도 않고 그저 '나 같아도 이랬을 것 같다', '너만 그런 게 아니라 나도 그렇다' 정도만이라도 되기를 바란다. 그리고 이런 사람도 글을 쓰는데 나도 한 번 도전해보자 정도도 좋을 것 같다. 그리고 다음에 또 글을 쓸 기회가 주어진다면 그때는 대학병원을 한 달 만에 그만둔 간호사의 이야기라던가 현실이라는 내용도 괜찮을 것 같고, 나중에는 직업과 관련한 시나리오도 써보고 싶다. 사는 이야기를 하는 사람이 되고 싶다. 물론 나에게 그럴 기회가 주어질지는 모르겠지만 말이다.

엄마가 되었다

2021년 10월 22일 오전 9시 4분, 하나였던 우리가 둘이 되었다. '내가 엄마라니' 열 달을 내 뱃속에서 동고동락했던 우리인데 여전히 엄마가 되었다는 사실이 실감 나지 않았다. 수술을 했던 터라 아이 얼굴은 보지도 못하고 병실에 가 안정을 취했다. 여느 사람들과 같이 마취에서 깨자마자 남편에게 아이 손가락 발가락은 10개씩 다 있는지 눈, 코, 입은 제대로 붙어있는지 확인했다. 수술 당일에는 몸을 움직일 수 없어 가만히 누워만 있었는데, 곤욕이 따로 없었다. 다음날 소변줄을 빼고 아이를 보기 위해 첫발을 내딛는 순간 '아!' 비명이 터져 나왔다. 봉합한 부위가 찢기는 느낌이랄까? 수술은 후불제라더니 정말 딱 맞는 표현이라고 생각했다. 아이를 보러 갔더니 새빨간 감자 같은 게 눈도 못 뜬 채 꼬물거린다. 눈앞에 마주한 이 아이가 열 달 동안 내 배 속에 있었다니 여전히 낯설었다. 어쩐 일인지 행복하기보다는 괜스레 울적해졌다.

아이에게 처음 젖을 물리던 날, 나오지 않는 젖을 열심히 빨던 아이가 짜증이 났는지 울고 보채는데 얼마나 당황스러웠는지 모른다. 우는 아이를 어찌할 줄을 모르고 황급히 간호사를 찾았다. 내 아이인데, 아이가 울어서 당황하여 남을 찾는다. (이게 무슨 아이러니한 상황인가!) '집에 가서도 이렇게 아이가 울면 어떻게 하지?' 하는 생각이 들었다. 매 수유 시간을 이렇게 씨름했는데, 한 번은 계속 젖이 안 나와 너무 속상한 나머지 잠든 아이를 안고 수유실에서 펑펑 눈물을 쏟아내기도 했다. 아이가 나오면 마냥 기쁘고 행복할 줄 알았는데 왜 그토록 울적하기만 했는지. 남편에게 이런 우울함을 토로해보지만, 그는 이해하지 못했다. 사실 나조차도 이유를 알 수 없었다. 그래도 누가 옆에 있을 땐 좀 나았다. 코로나 시국이라 면회는커녕 조리원 동기도 만들기 어려운 실정에 혼자 1~2평 되는 곳에 가만히 누워 전화 오면 수유하고, 수유하고 오면 유축하고, 이건 정말 젖소인가 사람인가 하는 생각이 절로 든다. 이런 2주의 시간을 보낸 뒤 집으로 가게 되었다. 집으로 가는 차 안, 아이를 품에 안고서 '잘 키울 수 있을까?, 내가 정말 엄마 노릇을 할 수 있을까?, 아기가 많이 울면 어떻게 하지?, 씻기다가 떨어뜨리지는 않겠지?, 아프면 어떻게 해야 하지?' 등 정말 수없이 많은 걱정이 되었다. 드디어 나와 그의 공간에 처음으로 우리의 아이가 함께 들어간다. 감사하게도 아기는 배고프거나 잠 오거나 할 때 빼고는 울지도 않았다. 내가 지레 겁먹어 막연하게 두려워했던 것이었다. 아이는 순해서 손이 많이 가지 않았지만 내 기분이 롤러코스터를 탔다.

조리원에서 나오면 괜찮을 줄 알았는데 기분이 땅끝까지 가라앉았다. 그러다 다시 괜찮기를 반복했다. 불어난 살, 튼 살, 수술 흉터, 이전과 달라진 나의 생활에 대한 우울감과 상실감이 나를 괴롭혔다. 매일같이 출근과 퇴근하는 그를 보며 왜 나는 나의 모든 것들이 바뀌었는데 왜 그는 그대로인가 회의감이 느껴졌다. 그에게 괜히 짜증을 내는 날이 많아졌다. 뭔가 나만 손해 보는 느낌이 들었다. 아이는 너무나 사랑스러웠지만 내 인생이 사라져버린 것 같았다. 남편이 출근하고 나면 마치 34평 감옥에 아이와 갇힌 기분이 들었다. 어떤 육아 커뮤니티에서 '엄마가 행복해야 아이도 행복하다'라는 글을 본 적이 있다. 거기 댓글에는 '엄마는 행복하기까지 해야 하는군요'라는 말이 있었는데 다른 엄마들도 꽤 공감하는 듯 보였다. 본문 글쓴이의 의도와는 다르게 행복조차도 누군가를 위해 해야만 한다는 사실이 서글펐던 것이 아닐까 짐작해본다. 예전보다 나아졌다. 하지만 여전히 한국에서 여자로 사는 것은 어려운 것 같다.

자식이란

오늘도 잠든 아이를 가만히 들여다본다. 하루가 다르게 커가는 아이를 보니 기특하기도 하고 섭섭하기도 하다. 오늘이 제일 어린 우리 아이와 나는 매일 이별을 한다….

잠든 아이를 가만히 들여다보고 있으면 마음이 몽글몽글해진다. 언제 낳아서 어떻게 키우나 고민했던 시간이 무색할 만큼 아이는 금방 크는 것 같다. 산후우울증으로 아이에게 몹쓸 짓 했다는 기사를 많이 봐서인지 아기를 낳기 전부터 남편에게 당부한 것이 있다. "만약에 내가 육아가 너무 지쳐서 아이한테 짜증을 내려고 하거든 꼭 아이의 이 시간은 다시 돌아오지 않는다고 얘기해줘" 다행히도 아직 까지는 들은 적이 없다. 태어나서 처음 해보는 육아라서 몸도 마음도 지치지만 참 이상하게도 아이한테만큼은 모자란 내가 엄마라 미안하기만 하다. 조리원에서 나와 아이와 처음 집에 왔을 때는 연신 미안하다고 했다. 기저귀 빨리 못 갈아줘서 미안해, 배고프게 해서 미안해, 왜 우는지 몰라서 미안해, 미안해, 미안해 나중에 어떤 유명한 소아과 의사 선생님이 유튜브 방송으로 아이에게 미안하다는 말 함부로 하지 말라는 이야기를 듣기 전까지 계속 미안하다는 말을 달고 살았던 것 같다.

임신과 출산과 육아를 하면서 꼭 챙겨보는 프로그램이 생겼는데, 바로 '금쪽같은 내 새끼'이다. 정말 특별한 경우가 아니면 대부분은 부모가 아이들을 금쪽이로 만들었다. 그리고 항상 아이들은 어른들의 생각보다 더 많은 것을 알고 있고, 더 많은 것을 느낀다. 오은영 선생님이 부모가 아이를 사랑하는 것보다 아이가 부모를 사랑하는 마음이 더 크다고 이야기하는데, 프로그램을 볼 때마다 그런 것 같았다. 프로그램의 마지막은 아이들의 인터뷰장면인데 아이들은 늘 자신의 부모를 사랑했고, 자신의 잘못된 행동에 죄책감을 느끼고 있었다. 아이들은 정말 하늘이 인간에게 준 선물 같다. 그리고 이 선물은 어른들을 변하게 한다(금쪽이 프로그램에서는 부모들이 자신들이 살아온 모든 환경과 습관들을 자식을 위해 고친다. 불가능할 것 같은 성격까지도). 정말 놀라운 일이 아닐 수가 없다. 나는 원래 청소도 미뤄뒀다가 한 번에 하고 싶을 때 하고, 종종 귀찮다는 말을 하기도 하고, 한 가지 일에 몰두하면 다른 것은 아무것도 못 보는 어쩌면 나밖에 모르는 사람이었는데, 아이 입에 먼지가 들어갈까 매일 청소기를 세 번씩 돌리고, 혹시 배앓이라도 할까 설거지 힘들기로 유명한 닥터브라운 젖병을 매일같이 씻고 소독한다. 성격 급한 내가 어떤 일이든 아이의 속도에 맞춰 기다리고 지켜봐 주게 된다. 자식은 정말 많은 것을 변하게 한다….

대학교 시절 '정신 간호학' 수업 중 교수님께 그런 이야기를 들었다. 배우자가 될 사람을 선택할 때 흔히들 집안을 봐야 한다고 하는데, 사실 그것은 그 집의 경제력을 보라는 것이 아니라 가정환경을 보라는 뜻이라고, 부모와 자식과의 관계와 그 가정의 분위기를 봐야 한다고 했다. 환경은 선택할 수 없는 것임에도 그것이 한 사람의 가치관과 성격 형성에 미치는 영향이 크기 때문에 꼭 결혼 전에 상대의 집에 가보라는 이야기를 해주셨었는데 안타깝게도 남편과 나는 건강한 가정에서 자라지 못했다. 남편은 재혼가정에서 자라 그만의 아픔이 있는 사람이었고, 나 또한 일찍이 아버지가 돌아가시고 아픈 엄마 밑에 자라느라 결핍이 있었다. 이런 우리의 결핍이 아이에게 영향을 주진 않을지 오랜 시간을 걱정했다. 어쩌면 금쪽이를 열심히 시청하는 이유도 여기에 있을지 모르겠다. 남편과 나는 계속 서로의 자라온 환경과 어려움이 있었던 부분에 대해 나누려 하고 있다. 자라면서 힘들었던 부분들이 지금의 나에게 어떤 영향을 끼쳤는지 얘기를 나누다 보면 우리의 결핍을 객관적으로 보게 되고, 또 서로를 깊이 이해하게 되기도 한다. '나의 결핍은 나로 끝내자'가 우리의 신조다. 우리는 자식을 향한 사랑이 남녀 간의 사랑과는 차원이 다르다는 이야기를 종종 하는데 이렇게 아무것도 바라지 않고 주기만 하는 사랑이 행복할 수 있다는 것을 자식을 낳아 기르며 느끼고 있다. 그저 더 줄 수 없음이 안타까울 따름이다.

얼마 전, 아이가 뒤집기를 하겠다고 얼굴이 새빨개지도록 용을 쓰는데, 하루에도 몇 번씩, 며칠씩, 지쳐서 포기할 법도 한데 계속 시도하다가 결국 성공해냈다. 나와 남편은 아이를 통해 세상을 배우고 있다. 이 아이는 나에게 끊임없이 교훈을 주고, 나를 좀 더 나은 사람이 되고 싶게 만든다.

아이와 함께 성장하는 우리의 미래가 기대된다….

내 딸에게

안녕, 내 딸! 이렇게 너에게 책으로 인사할 수 있음에 감사하구나. 삶은 언제나 예측할 수 없는 일들의 연속이기에 엄마는 늘 언제고 세상과 이별을 할지도 모르겠다는 생각을 한단다. 너의 외할아버지도 그렇게 떠나셨거든.

글을 쓰며 너에게 가장 먼저 전하고 싶은 것은 엄마와 아빠는 세상 그 무엇보다 너를 제일 사랑한다는 거야. 어떤 일이 있어도 이 사실을 잊지 않길 바라. 엄마와 아빠는 항상 네 편이야!

엄마가 길지도 짧지도 않은 세월을 살아보니, 평범하게 사는 것이 가장 어려웠어. 환경은 내가 원하는 대로 주어지지 않거든. 그렇지만 그 속에서 부모 탓, 환경 탓만 하고 살기에는 인생이 그리 길지는 않아, 앞에 말했듯이 삶은 예측할 수 없는 것이니까 더더욱. 그래서 엄마는 네가 이 짧은 인생을 어떻게 살아갈지 고민하는 사람이 되기를 기도한단다. 힘들지만 바꾸려면 바꿔지는 것이 인생이기도 하거든. 엄마 아빠는 너의 삶을 항상 응원하고 지지할 거야. 그러니 너는 네게 주어진 시간을 어떻게 아름답게 사용하다 갈지, 그것을 고민하는 사람이 되길 바란다.

인간은 혼자서는 살 수 없어. 애초에 하나님이 아담과 이브를, 두 사람을 만들었잖니, 비단 애인이 아니더라도 인생을 나눌 수 있는 친구 몇 명은 꼭 만들기를 바라. 엄마도 많진 않지만, 엄마가 인생을 바로 볼 수 있도록 옆에 있어 준 친구들이 세 명 정도는 있거든. 우울하고 소심했던 엄마가 밝아지고 외향적일 수 있게 만들어 준 10대를 함께한 아현이 이모, 항상 바른 모습으로 엄마를 지지해주기도 하고 따끔하게 충고도 해주는 다혜이모, 늦은 대학 생활로 방황할 수 있었던 시기에, 함께 동고동락하며 울고 웃었던 인선이 이모, 이렇게 엄마에겐 고마운 세 명의 친구가 있어. 이 친구들이 있었기에 엄마가 이 자리에 있단다. (혹시 네게 어려움이 있을 때 내가 곁에 없다면 언제고 연락해도 되는 엄마의 친구들이야) 네게도 이런 소중한 친구들이 곁에 있기를.

너의 선택이 오롯이 너의 것이기를 바라. 인생은 선택의 연속이라고 할 만큼 많은 것들을 선택하면서 산단다. 남에 의해 너의 삶이 선택되는 것은 정말 슬픈 일이란다. 누군가에게 보이기 위한 삶이나 누군가를 위한 희생적인 선택을 하지 않기를 바라. 배려하지 말라는 뜻은 아니니 오해가 없었으면 좋겠구나. 어쩌면 주체적인 삶을 살라는 말과 비슷한것 같기도 해. 네 인생의 주인은 너야. 엄마·아빠는 늘 너의 선택을 존중하는 부모가 되자고 이야기해왔으니 네 선택을 말하는 데 어려움을 느끼지 않았으면 좋겠다. 참! 어떤 선택이든 책임이 따른다는 사실을 잊어서는 안 돼.

세상이 좋아져서 요즘은 책을 읽어주기도 하고, E-book도 많이 나와. 엄마는 네가 종이로 된 책을 즐기는 사람이 되길 바라지만, 사실 방법은 중요치 않지. 글을 읽는 데 의의를 두자. 글을 읽고 상상하는 것이 사고력을 키운다고 해. 엄마는 네가 공부를 잘하는 것보다 사고하는 힘이 좋은 사람이 되기를 더 바란단다. 시간이 흘러 네가 많이 자랐을 때 엄마·아빠와 같은 책을 읽고 서로의 생각을 자유롭게 나눌 수 있기를.

배우자를 선택할 때는 양가 부모님이 성인이 될 때까지는 살아계셨고, 평범한 집안에서 화목하게 자란 배우자를 선택하라고 하고 싶지만, 사실 평범한 것이 쉽지 않음을 알기에, 환경은 선택할 수 없는 것임을 알기에 그런 것보다도 공감 능력이 뛰어난 배우자를 선택할 수 있기를 바란단다. 더불어 대화가 잘된다면 더욱 좋겠지? 대화가 잘된다는 의미가 그저 '아를 아'로 받아들이는 것은 아니란다. 살면서 여러 사람을 만나보면 생각보다 내가 말하고 싶은 바를 말로 표현하기 힘들 때도, 내 말을 속뜻 그대로 알아듣는 사람이 드물 때도 많아. 그래서 네가 말하고자 하는 바를 잘 알아주는 사람과 만나야 하고 너 또한 그가 말하는 것이 무엇을 의미하는지 잘 알아들을 수 있어야 해. 사람은 자라온 환경이 서로 다르기 때문에 생각이 다를 수도 있어. 하지만 감정은 인정할 수 있어야 해. '나는 네 생각과는 다르지만 네 기분이 그럴 수도 있을 것 같아' 랄까? 공감은 별거 아닌 것 같지만 꽤 중요하단다. 평생을 함께하기로 했는데 서로의 감정을 인정해주지 않는다면 오래 함께할 수 없어. 오해와 불만만이 쌓일 테니까.

피해야 할 사람도 있어. 바로 자존감 도둑이지. 너를 깎아내리면서 본인의 자존감을 얻어 내는 몹시 나쁜 유형의 사람이야. 네가 꼭 만나지 않았으면 하는 사람의 유형이지만 혹시 이러한 사람을 만나게 된다면 꼭 피했으면 좋겠어. 제일 큰 특징은 그 사람 앞에만 가면 작아지게 돼. 어렵지만 너에게 깨달음을 주고 진정 너를 위해 쓴소리를 하는 사람인지, 그저 너를 깎아내리는 데에서 희열을 느끼는 사람인지 잘 구분할 줄 알아야 한단다.

아이를 낳기로 했다면 공부를 해야 해. 삶은 늘 배움의 연속이지만 특히나 아이를 낳기로 했다면 더욱더 공부해야 해. 한 사람을 길러내는 일이니까 더 열심히 해야 해. 엄마도 부족하지만 늘 배우려고 노력한단다. 너를 건강한 하나의 사회구성원으로 만들기 위해서 정말 많은 것들을 고민하고 공부해. 그리고 꼭 자신을 돌아보는 시간을 가져야 해. 나의 결핍으로 자식을 키울 수는 없거든. 결과적으로 좋은 방향이라 할지라도 나의 선의가 진정 아이를 위한 것인지 나의 결핍을 채우기 위함인지 잘 구분해야 해. 사실 엄마도 이 부분이 가장 어렵지만 그래도 계속 노력 중이란다. 그래서 혹시나 아이를 가지게 된다면 꼭 너의 지난날들을, 어린 시절부터 현재까지를 돌아보는 시간을 갖길 바라. 네가 엄마가 될 때 내가 꼭 너의 곁에 있었으면 좋겠다.

당부할 이야기들이 분명 더 있었던 것 같지만 오늘은 생각이 나지 않네. 너무나 뻔하고 당연한 이야기들이지만 잘 읽어봐 줘. 그리고 처음에도 이야기했지만 가장하고 싶은 말은 엄마가 너를 가장 사랑한다는 거야. 너는 존재만으로도 나를 웃게 하기도 울게 하기도 하는 아주 소중한 딸이란다. 너에게 이 세상이 아름다운 선물이기를 나는 늘 기도할게.

왜 나는 엄마에게 화가 날까

"아휴, 정말 엄마! 옷이 그게 뭐야, 반찬 국물이 다 묻었잖아! 집에서 나오기 전에 거울을 한 번 보고 나와야지!" 엄마의 모습 하나하나가 지적대상이다. 이렇게 얘기하고 돌아서면 마음이 편하지 않은데 나는 왜 엄마에게 자꾸 화를 내는 걸까?

"은혜야, 네가 가장이나 마찬가지야 앞으로 동생이랑 엄마랑 잘 챙겨야 한다!" 어린 시절 가장 많이 들었던 말이다. 초등학교 6학년이 막 되었을 무렵, 아빠가 세상을 떠났다. 그날 엄마는 지병으로 병원에 있었고, 집에는 동생과 나 둘뿐이었다. 엄마 병원에 병문안하러 다녀오겠다는 아빠가 오지 않아 걱정되던 찰나 텔레비전에서는 대구 지하철역에 정신질환자가 방화를 저질러 수습 중이라는 속보가 계속 떴다. 그 어린 나이에도 느낌이 이상했는지 근처 사는 외삼촌에게 전화를 걸어 도움을 요청했다. 예상은 적중했고 그렇게 아빠의 사고 소식이 모두에게 알려졌다. 죽음이 뭔지 대충은 알고 있었지만, 사실 실감이 나지 않았다. 얼떨떨했다. 눈물이 나지 않았다. 시간이 흘러 아빠의 장례 날이 되었는데 화장하는 것을 처음 본 나는 너무 무서웠다. 그 앞에서 할머니가 불에 타죽었는데 또 불에 태운다고 소리 지르던 모습이 기억이 난다. 아빠의 영정사진을 들고 유골함을 안치하러 가는 버스 안, 눈물이 날 것 같았지만 엄마와 동생을 위해 꾹 참았다. 이때부터였을까? 나는 엄마와 동생 앞에서는 약한 모습보다는 강한 모습을, 울기보다는 웃는 모습을 보여야만 한다고 생각했다. 집 밖에서는 한없이 소심하고 소극적인 내가 집안에서만 대범하고 털털한 성격이 되었다. 엄마가 미웠던 적은 없다. 이런 상황에서도 엄마의 병이 악화할까 두려웠다.

길고 긴 1년이 흘러 중학생이 되었다. 아빠가 돌아가시고 우리는 다른 지역으로 이사를 하게 되었는데 그곳에서 맞이한 중학교 1학년, 적응에 어려움을 겪던 나는 왕따를 당했다. 참는 것이 극에 달했을 때 엄마에게 도움을 요청했지만, 엄마는 같이 괴로워해 줄 뿐, 그 어떤 것도 달라지지 않았다. 이런 경험이 있어서일까? 이후로 엄마에게 나의 어려움을 이야기해 본 적이 없다. 엄마는 그저 내가 성격이 좋아 무탈하게 자랐다고 하지만 사실은 엄마가 볼 때만 무탈했다.

20살이 되었다. 타지의 대학교에 가야 하는데 아직 고등학생인 동생과 엄마만 두고 홀로 떠나 생활을 한다는 것이 너무 불안했다.

아빠가 돌아가시고 처음으로 둘과 떨어져 지내게 되는 상황이 몹시 불안하고 두려웠다. 엄마에게 울며 당부했다. 내가 없으니까 이제 똑바로 정신을 차려 야하다고, 엄마가 동생의 보호자라고…. 다행히도 엄마는 언젠가부터 병원에 입원할 정도로 아프진 않았는데 아마도 우리를 지키기 위해 마음을 단단히 먹어서 그런 게 아닐까 생각된다.

동생이 취업을 준비하고 나는 뒤늦게 학교를 한 번 더 다니던 시기가 있었다. 동생과 나는 항상 좋은 회사에 취직해서 엄마를 기쁘게 해주겠다는 생각을 하고 있었는데, 기특하게도 동생이 먼저 그렇게 들어가기 힘들다는 대기업에 입사했다. 엄마는 다니는 교회에 떡을 돌릴 정도로 신이 났었고, 나 또한 너무 기뻐 어쩔 줄을 몰랐다. 그것도 잠시, 3개월이 지났을까? 엄마로부터 동생이 그만두고 싶어 하니까 말려보라는 연락을 받게 된다. 처음에는 엄마 말대로 더 다녀보라고 권유하려고 했는데, 동생은 괴롭다고 했다. 이렇게 더 다니면 죽을 것 같다고 했다. 나는 동생이 염려되어 죽을 것 같으면 그만두라고 했다. 엄마는 포기가 되지 않았는지 매일 몇 번이고 전화해 아이에게 계속 다니길 설득했다. 동생은 결국 퇴사했고, 반년이 넘도록 엄마와 연락을 하지 않았다. 이후 동생에게 듣기로, 엄마에게 바라면 안 되는 걸 아는데도 자꾸 바라게 되고, 의

지하면 안 되는데 의지하고 싶을 때도 있다고, 본인이 정말 죽을힘 다해 대기업에 취직한 것은 엄마를 위해서였는데 정작 엄마가 자기편이 되어주지 않았다는 사실에 배신감을 느꼈다고 했다. 동생은 이후로 엄마에 대한 짐을 약간은 내려놓은 듯했고, 선을 긋기 시작했다. '이 선이 내가 참을 수 있는 한계야, 엄마 여기 넘지 마' 동생은 자신이 정해놓은 선을 엄마가 넘을 때면 일주일이고 이 주일이고 기분이 풀릴 때까지 잠적했다. 그때 나는 늦깎이 대학생으로 열심히 공부 중이었는데 정신 간호학이라는 수업을 꽤 흥미롭게 듣고 있었다. 엄마의 병에 대한 인사이트가 우리 모두에게 없었다는 것을 깨닫고, 동생에게 상기시켜주는 역할을 맡았다. "동생, 엄마는 아픈 사람이야, 그걸 잊으면 안 돼" "병력이 오래되면 판단이 떨어질 수도 있고, 인지능력도 떨어질 수 있어, 엄마는 환자야." 동생은 그날의 내 말 덕에 그나마 자기 마음을 다잡을 수 있었다고 했다. 그런데 막상 같은 문제가 내게도 찾아왔다. 늦깎이 대학생이었던 나도 드디어 졸업하고 엄마도 원하고 나도 원했던 대학병원에 입사하게 되는데 나 또한 한 달을 못 버티고 그만두기에 이른다. 이때도 엄마는 나의 힘든 마음보다는 나의 미래를 걱정했다. 심지어 새벽 5시에 당시 나의 남자친구(지금의 남편)에게 연락해서 나를 그만두지 못하게 설득시켜달라고 부탁했다. 나도 그렇게 원했던 대학병원이 왜 그렇게 긴장이 되고 힘들었는지 잘 모르겠지만,

그 당시에는 매일 출퇴근길에 눈물 바람을 하곤 했다. 지금 생각해 보면 내 꿈이 단지 대학병원 입사였기 때문에, 그 뒤가 없었기 때문에 빨리 그만두게 된 것이 아닌가 하는 생각이 든다. 어쨌든 누구보다도 엄마의 병식을 잘 알고 있던 나였지만, 그런 나조차도 엄마를 아무렇지 않게 보는 게 힘들었다. 그리고 나 역시 엄마에게 선을 긋기 시작했다. 다시 생각하면 이게 그럴 일인가 싶기도 한데 이 사건 이후로 나도 모르게 자꾸 엄마에게 화를 내고 있었다.

누구보다 가여운 우리 엄마, 내가 제일 잘 아는데 그런데도 엄마에게 나는 자꾸 화가 난다. 아마도 동생과 나는 엄마만큼은 절대적인 내 편이 돼 주길 기대한 게 아니었을까?

그녀에 대해

　6녀 중 막내딸로 태어난 그녀는 그렇게 기다리던 남동생이 그녀의 밑으로 태어나자 남동생과 함께 부모의 사랑을 독차지하며 자란다. 쌀이 귀하던 그 당시, 그녀는 아버지 옆자리를 꿰차고서, 보리밥 먹던 언니들의 따가운 눈총을 받아내며 흰 쌀밥을 밀어 넣는다. 그녀가 생기기 전부터 다섯 명의 딸들은 생존을 위해(부모의 사랑을 받기 위해) 치열하게 경쟁해왔을 터, 타고나기를 소심하고 내성적으로 태어난 그녀가 위로 다섯인 형제 사이에 끼자니 그 얼마나 벅찼으랴! 요즘이야 아이들의 기질이니, 성향이니 하지만 그 당시 어디 그게 가당키나 했던가! 할 말이 있어도, 부당한 대우를 받아도 그저 참고 견디는 것밖에 할 줄 모르는 그녀를 들여다 봐주는 이는 아무도 없다. 농사로 바쁜 부모는 내성적인 막내딸의 마음을 살필 여유가 없고, 부모를 도와 살림에 보탬이 되어야 하는 언니들은 동생의 속을 물어 봐주지 않는다. 가족은 많았지만 외로웠던 그녀는 자기 마음을 어떻게 말해야 하는지 배우지 못한 채 성인이 된다.

　성인이 된 그녀는 우연히 언니를 따라간 교회에서 그녀의 인생을 송두리째 흔들어 놓을 그를 만난다. 그는 하얗고 아담한 그녀를 보고 첫눈에 반해 구애하기 시작한다. 훤칠한 키에 호남형인 외모, 그녀도 그에게 호감을 느끼지만 수줍음 많은 그녀는 매일 피하기만 한다. 그런 그녀에게 매일 같이 편지로 고백하는 그, 그의 정성에 이내 그녀도 마음을 연다. 그녀의 집안에서는 그와의 교제를 알고 강력히 반대하는데, 그도 그럴 것이 유복하게 자란 막내딸이 7살 차이나는 시골의 장남에 변변한 직장도 없는 사람과 만난다고 하니 얼마나 기가 찰 노릇이었겠는가! 집안의 반대가 심해 머리카락이 잘리고, 외출도 금지되어 집에 가둬지기에 이르자 그녀는 그와 사랑의 도피를 결심한다. 아마도 이것은 그녀 인생에 첫 반항이었을 것이다. 철없던 22세의 그녀는 그렇게 그와 결혼하게 된다. (어쩌겠는가, 당시 사회 분위기로 딸이 외간남자와 야반도주를 했는데!) 작은 교회에서 한복을 입고 치러진 결혼식은 초라하기 짝이 없었으나 그녀는 행복하다. 오롯이 그녀만의 가족이 생긴 것이 아닌가!

행복함도 잠시, 가난한 시골 청년이었던 그는 집 한 칸 마련할 능력도 되지 않아 아내가 된 그녀를 본인의 집으로 데려간다. 마땅한 거처가 없어 시댁에 살게 된 그녀는 혹독한 시집살이에 시달리게 되는데 그게 훗날 그녀가 병에 걸리게 된 가장 큰 이유가 된다.

그녀가 그녀 인생에서 포기하지 않은 세 가지가 있는데 하나는 '그'이고, 하나는 종교이며 마지막은 자식들이다. 그녀는 기독교 신자였는데 시댁에서는 그것을 아주 마음에 들지 않아 한다. 그녀의 시어머니는 새벽녘 그녀가 자는 방으로 쫓아와 소금을 뿌리고, 한겨울 그녀를 냇가에 보내어 손빨래를 시키는 것은 예삿일로 알았으며, 차마 입으로 뱉을 수 없는 모욕적인 언사를 구사하는데 그저 참는 것 말고는 아무것도 할 줄 몰랐던 그녀의 마음엔 그녀도 모르는 마음의 그늘이 서리기 시작한다. 정작 이러한 곳으로 그녀를 데려온 그는 그녀를 그저 바라볼 뿐, 아무것도 해결하지 않은 채 방관한다. 그녀의 가족들이 이런 그녀를 보고 안쓰러웠는지 그에게 그녀와 분가하라고 설득한다.

우여곡절 끝에 시댁에서 1년 만에 분가하게 되고, 그들에게도 아이가 찾아온다. 23세에 가진 첫 아이는 3.3kg의 건강한 딸이었는데, 시댁에서는 장남의 첫 손주가 딸이라 실망이 이만저만이 아니었던 모양이다.

첫째 아이가 돌 될 무렵, 그녀는 시댁에서 아이를 업고 음식을 하고 있는데 시어머니가 아이를 봐주겠다며 내려놓고 일하라고 한다. 돌쯤 되는 아이가 뭘 알겠는가! 상에 올려진 것이 막 끓여나온

국인 줄도 모르고 국그릇을 엎어 화상을 입게 된다. 시골에 병원이 없어 1시간을 넘게 도시로 달려가는데, 아이는 울음을 멈출 줄을 모르고, 그녀는 달리는 차 안에서 아이를 안고 속절없이 눈물만 삼킨다. 병원에 도착한 그녀는 아이의 화상 정도가 심각해 귀를 잃게 될지도 모른다는 주치의의 말을 듣고 그대로 주저앉아 참았던 눈물을 터뜨리고 만다. (당시 그녀는 임신 6개월 차였다) 그녀의 마음에는 시댁에 대한 원망과 분노가 자리하기 시작하고, 마음의 병은 깊어만 간다. 다행히 아이의 귀는 살렸지만, 어깨와 목에 심한 화상 자국이 남아 그녀의 가슴에서 지워지지 않는다. 아픔의 시간이 잊히기도 전에 둘째 아이가 예정보다 일찍 나오게 된다. 미숙아로 태어나 무게가 적게 나가던 둘째는 인큐베이터에서 며칠 지켜봐야 하는 상황이었는데 또 딸이라는 이유로 그녀의 마음을 돌봐주는 이는 없다.

발병

그렇게 시간이 흘러 첫째 아이가 3살이 되던 때에, 숨어있던 그녀의 병이 마침내 밖으로 드러나게 된다. 갑자기 잠을 자지도 않고, 밥을 먹지도 않으며 격양되어 흥분하고, 갑자기 어디서 솟아났는지 모를 자신감이 넘쳐나 시어머니에게 전화해 참았던 마음을 쏟아내고, 욕을 하는데 누가 보면 귀신에 씌웠다고 착각할 정도다. 그러기를 며칠, 이번에는 말도 안 하고 씻지도 않고 울다 자기를 반복하는데, 보다 못한 그녀의 언니가 그녀를 데리고 신경정신과에 데려간다. 그렇게 그녀의 병은 시작되었다. 조울증으로 진단받은 그녀, 의사 선생님은 초기에 약을 잘 먹으면 예후가 좋을 수 있다고 하지만, 그녀의 남편은 들을 생각이 없다. 마음의 병이기에 마음을 고쳐먹으면 낫는다고 생각한다. 그렇게 치료의 적기도 놓친다. 그녀가 결국은 남들과 싸우고, 교회에서 찬송가를 부르다 심취해 소리를 지르는 등의 이상 증상이 나타나고서야 병원에 가게 된다. 그녀의 언니는 입원해서 적극적인 치료를 하자고 했으나, 그녀의 남편은 반대한다. 그녀의 언니의 강한 주장으로 입원했던 그녀를 그가 퇴원시킨다. 증세는 날이 갈수록 나빠져만 간다. 무속신

앙을 맹신하는 다른 언니 한 명이 절에 갔더니 귀신이 들려 그렇다며 굿을 해야 한다고 한다. 무당이 그녀를 가운데에 두고 굿을 시작한다. 그녀가 거부하자 그녀의 언니가 강제로 잡아 그녀를 앉힌다. 강하게 거부하다 힘들었는지 혼절하고 마는 그녀이다. 병세가 호전이 없자 그도, 그의 언니들도 그제서야 입원에 동의한다. 한 달 정도를 정신과 병동에 입원하여 약물치료를 하게 된다. 병동에서도 휴지를 집어먹었다거나 계단에서 일부러 구른다거나, 본인을 하나님이라고 외치는 등의 증상이 나타났으나, 꾸준한 약물치료와 관리가 되니 몰라보게 나아지는 그녀이다. 주치의는 퇴원해도 된다고 했고, 약물의 중요성을 다시 한번 강조했다. 그는 여전히 그녀의 병이 마음의 병이라고 여겼으며, 주치의의 말을 흘려듣는다.

재발

퇴원 후 3년이 흘렀을까 두 번째 발병의 계기는 그녀 남편의 잦은 사직이다. 회사에서 일하는 것이 너무나 어려운 그. 상사의 지시가 부당하면 그것을 참지 못하고 그만두고 만다. 조직의 부조리함을 보고 견딜 수 없어 했으며, 누군가 상사에게 잘 보이려고 하는 행동만 봐도 역겨워했다. 요즘 말로 그는 사회 부적응자에 가까운 사람이었다. 덕분에 부잣집 막내딸이던 그녀는 일자리를 알아보기 시작한다. 당장 아이들 급식비 납부하는 것조차 어려운 경지에 이르렀기 때문이다. 처녀 시절 잠깐 섬유공장에서 일해본 것 외에는 특별히 해본 일이 없던 그녀는, 새벽에 우유 돌리는 일을 구하게 된다. 본인의 처지가 서러웠던 걸까? 여느 날과 다를 것 없던 오후, 다락방에 청소하러 들어간 그녀가 갑자기 소리를 지르기 시작한다. 그 당시 신창원이 한창 떠들썩하게 뉴스에 나올 때였는데 그녀가 다락방에서 신창원이 왔다며 허공에 욕을 한다. 그 모습을 첫째 딸이 보게 되는데, 그 어린 딸이 보기에도 엄마가 아무도 없는 곳에 소리를 지르는 모습이 이상하고 무섭다. 엄마의 병이 재발했을까봐 불안한 큰 딸이다.

역시나, 또다시 그녀는 잠을 자지도, 밥을 먹지도 않은 채 종일 그릇을 닦고, 청소하고, 시댁에 전화해 욕을 하고 소리를 지른다. 그러길 반복하다 이제는 이불 덮고 누운 채 꼼짝도 하지 않는다. 조증과 울증 삽화가 번갈아 나타나는 전형적인 증상들이 그녀에게 보인다. 그렇게 정신과 병동에 또 한 번 입원한다.

아무리 사회 적응하기 어려워하는 그라도 그녀의 병원비를 마련해야 했고, 아이들을 먹여야 했기에 그의 부모에게 아이들을 맡긴 채 어울리지 않는 일을 하게 된다. 불행의 끝이 이곳이면 좋으련만, 그녀는 앞으로도 몇 차례나 더 입원하게 되고, 역시나 그는 그것이 치료받아야 마땅한 병이라고 생각지 않는다. 그녀의 계속되는 재발에는 그의 질병에 대한 올바르지 않은 인식도 한몫한 것이다.

평범한 일상도 분명 있었다. 저녁이면 그녀는 밥을 했고, 그는 집으로 돌아왔다. 추운 겨울, 퇴근길에 집 앞에 파는 호떡을 한 봉지 가득 사 오기도 했고, 쉬는 날이면 네 식구가 나란히 그의 팔을 베고 누워 장난을 치기도 했다. 오래 지속되지 못했을 뿐, 좋은 날도 분명 있었다.

세 번째 발병

그리고, 2003년, 첫째 아이가 초등학교 6학년이 되던 해에 그녀는 또 한 번 입원하게 된다. 평소와 다를 것 없던 그 날 아침, 그는 그녀의 면회를 하러 가기 위해 일찍 집을 나선다. 지하철역에 도착해 집에 있는 아이들에게 전화한다. 이제 그만 자고 일어나 밥 먹고 학교 갈 준비하라고 그게 그가 살아서 남긴 마지막 말이 된다. 그는 그녀를 보기 위해 지하철을 탔는데 그날 하필 거기에 어떤 정신질환자가 방화를 저질러 200여 명의 목숨을 앗아간다. 이 무슨 운명의 장난인가! 병원에 있는 그녀는 뒤늦게 그의 죽음을 알게 되고, 절망한다. 시댁에서는 '서방 잡아먹은 년'이라고 아이들을 맡길 수 없다며 한정치산자 신청해서 양육권을 가져오겠다 한다. 사랑하는 그의 죽음을 마음껏 애도할 틈도 없이 아이들과 살기 위해 다시 한번 마음을 잡아보는 그녀이다. 곱게 자라, 철없던 나이에 사랑에 빠져 부모 반대를 이겨내고 선택한 그, 그가 이제 그녀 곁에 없다. 그로 인해 이 모든 일이 시작되었지만, 그럼에도 불구하고 그녀는 그를 사랑했다.

병원에서 마음을 추스르고 나와 아이들과 언니와 함께 살게 된 그녀, 시댁에서는 사흘이 멀다 하고 전화해 욕을 퍼붓고, 아이들을 데려가겠다고 한다. 몇달 뒤 모두 모여 아이들이 성인이 되기 전까지 그녀가 키우고, 대학등록금, 결혼자금까지도 일체 그녀의 친정에서 책임진다는 언니들과 형부의 각서를 공중받고서야 평화가 찾아온다.

어느덧 그녀의 딸이 중학생이다. 항상 밝기만 하던 딸이 왕따를 당하고 있고, 학교에 가기 싫다고 한다. 딸아이의 가방에 아무것도 해줄 수 없어 미안하고 사랑한다는 말이 적힌 편지만 조용히 넣어두는 그녀이다. 그리고 슬슬 언니와의 갈등도 생기기 시작한다. 사실, 그가 죽고 나라에서 보상금이 나왔는데 그 돈으로 부동산 하는 형부가 공장을 하나 사준다. 월세가 매달 들어왔는데 관리를 그녀의 언니가 했고, 필요한 것이 있으면 그녀도, 딸들도 언니에게 부탁한다. 뭐 하나 그녀 마음대로 할 수 있는 게 없다. 그녀의 언니는 굉장히 말이 많고, 빠르고, 사람을 통제하는 성격이었는데, 그런 언니에게 따로 살고 싶다고 당당히 말하는 것이 어려워 미련한 방법을 고안해낸다. 가까운 내과에 불면증이 있다며 수면제를 처방받아 언니랑 같이 살고 싶지 않다는 글과 함께 며칠치 되는 약을 한꺼번에 삼키는 것이다. 죽을 생각으로 수면제를 먹은 것이 아니라 언니에게 보여주기 위한 용도로 수면제를 삼킨 것이다. 자기 의사 표현을 이리도 미련하게 하는 사람이 있을까! 어찌 되었건 결국, 그녀의 뜻대로 언니와 분가해서 살게 된다.

마지막이길 바라며

원래 살던 곳으로 돌아온 그녀는 그녀 인생에서 제일 평화로운 10년을 보내게 된다. 스스로 아이들을 키워내야 한다는 생각도 있었고, 더 이상의 큰 스트레스 상황도 발생하지 않는다. 그래서일까? 재발도, 큰 이벤트도 없다. 큰딸은 대학병원의 간호사가 되었고, 작은딸은 대기업에 취직한다. 그녀는 다 이룬 것만 같다. 자식들이 좋은 곳에 취직한 것이 훈장과도 같았던 그녀, 그러나 두 딸모두 얼마 안 되어 회사를 그만둔다고 한다. 그녀는 어려운 환경에서 자식들을 잘 키워낸 것이 그녀 인생에 제일 자부심을 가진 일이었는데 그것이 흔들리니 굉장한 스트레스로 다가온 것이다. 물론, 직접적인 원인은 '숯과 관련된 식품을 먹어 약의 효과가 반감이 되어서'라고 보는데, 정신적인 스트레스는 첫째 딸의 퇴사와 관련이 깊어 보인다. 그렇게 그녀는 12년 만에 다시 입원하게 된다.

그녀도 나이가 들었는지 퇴원하고 회복하는데 그전보다 오래 걸린다. 인지능력이 저하되어서 간단한 연산도 쉽지가 않은 그녀이다.

엄마에게

엄마, 먼저 이렇게 잘 키워줘서 고마워. 엄마가 끝까지 우리를 포기하지 않고, 또 엄마 자신도 포기하지 않음을 늘 감사하게 생각해. 어떤 상황에서도 엄마의 선택은 엄마에게 늘 최선이었음을 알고 있어.

예전에 엄마에 대해 글로 써주면 어떠냐고 했던 말이 생각이 났어. 엄마의 삶에 대해 담백하게 써내보려고 했는데 엄마는 어떻게 받아들일지 궁금하다. 알고는 있었지만 글로 쓰고 보니 엄마의 인생이 더 안타깝네. 내가 엄마의 상황이었어도 감당해내기 어려웠을 거야. 고생했어! 이렇게 잘 사느라. 평생 우리를 위해 열심히 살았으니, 앞으로 엄마의 남은 인생은 스스로만을 위해 살아갈 수 있기를 바라. 내가 이렇게 말하면 엄마는 섭섭해하겠지? 그리고 어떻게 살아야 본인을 위해 사는 것인지 어렵게 느껴지겠지?

조금만 기다려줘. 엄마는 과거의 나에게도 꿈을 갖게 했지만, 미래의 나에게도 꿈을 갖게 해. 복직하고 1년 정도 있다가 정신 전문 간호사를 해볼까 고민하고 있어. 최종적으로는 엄마처럼 마음이 아픈 사람들의 재활을 위해 일하는 사람이 될 거야. 이미 벤치마킹할 회사도 찾아놨어! 이런 생각을 한 건 좀 오래되었는데, 앞서 말한 벤치마킹할 회사 대표가 조현병 환자인 직원을 고용했는데, 그분이 처음에는 적응을 못 했지만, 훗날, 한 사람으로서 또 그 분야의 전문가로서 성장했고, 거의 완전한 자립을 했다는 경험담을 나눠주셨어! 나는 엄마의 재활과 자립을 위해 계속 고민할 거야.

말을 예쁘게 하지 않는 딸이라 미안하지만, 그래도 엄마 옆에 영원히 있을 테니 외로워 마. 내 딸한테 이야기한 것처럼, 생각보다 인생이 길지 않은 것 같아. 엄마의 남은 인생은 엄마만을 위해서 더 아름답게 살다 갈 수 있기를!

나는 좀 더 친절하고 표현을 잘하는 딸이 되도록 노력할게. 사랑해 엄마!

대구 지하철 참사

한동안 조용하던 유가족 단체채팅방에서 알림이 울렸다. 어린이 날 모 프로그램에서 대구 지하철 참사에 관한 이야기를 방영한다고 했다. 나는 유가족임에도 늘 한 발 떨어져 있는 느낌을 지울 수 없었는데 그도 그럴 것이 사실, 그 당시 아빠의 죽음에 대해 어린 우리에게 자세히 설명해주는 어른은 없었다. 내가 아는 것은 그저 인터넷에 올라온 내용 정도. 목요일 저녁 텔레비전을 켜 그날에 대한 일들을 보게 되었다. 큰 사고를 피할 수 있는 여러 번의 기회가 있었지만, 그 모든 기회를 놓치고 기어코 일이 났다. 맡은 역할에 안일함을 가지면 저런 사고가 또 날 수도 있겠다는 생각이 들었다.

언젠가 아빠의 죽음에 대해 알고 싶었던 날, 친구와 대구 시민 안전 테마파크에 가보게 되었다. 다른 지역에 살고 있었기에 하루 날을 잡아야 갈 수 있는 곳이었다. 아빠가 어떻게 돌아가셨는지 보고 싶었는데 사고 난 전동차를 보려면 단체로 예약을 해야만 한다고 해서 그냥 돌아왔던 기억이 있다. 그때 뭔가 마음 한구석이 석연치 않았는데, 사실 그 안전테마 파크는 추모공원으로 지어져야 했지만 사람들에게 혐오감을 줄 수 있기 때문에 안전 테마파크로 명명한 뒤, 추후에 이름을 바꿔주겠다고 약속을 받았다고 했다. 매년 2월18일에는 대구에서 추모회가 열리는데 나도 시간 맞을 때 서너 번 참여한 적이 있다. 어쩐지, 추모회 때마다 유가족들이 대구시에 약속을 지키라고 화를 내더라니⋯ 이런 배경이 있었음을 새삼 다시 알게 되었다.

대구 지하철 참사도, 또 다른 사건들도 왜 유가족들은 국민에게 기억해달라고 외치는 것일까 의문을 가진 적이 있는데 프로그램을 통해 이런 사건들은 기억되어야 하는 일이 맞다는 것을 깨닫게 되었다. 매체를 통해 자주 언급 되다보니 종종 불편해하는 사람들도 있지만, 이런 희생들로 인해 우리의 안전을 보장받고 있는 것이 현실이기에 우리는 늘 희생된 분들을, 또 그날들을 잊지 않아야 하는 것이 맞았다. 이 글을 얼마나 많은 사람이 읽게 될지 모르겠지만, 읽는 사람만큼은 그들의 희생과 그날을 기억해줬으면 좋겠다.

운명공동체

너와 나는 한 가정에서 자란 운명공동체야. 자꾸 혼자라고 하는데 내가 있다는 사실을 잊지 않았으면 좋겠어. 최근 우울증을 진단받고 무기력에 빠진 너를 위해 차와 책을 선물하는 것 외엔 해줄 수 있는 게 없음에 마음이 아프다.

어릴 적부터 너는 스스로의 마음을 잘 돌보는 사람이라고 생각했기에 너에게 이런 마음의 감기가 찾아올 줄은 몰랐어. 보이는 게 다일 것 같은 연예인들이 우울증에 걸렸을 때, 흔히들 그 사람이 뭐가 부족해서? 라는 말들을 하는데 처음 네가 우울증을 진단받고 약을 먹는다고 했을 때 말은 안 했지만 나 또한 그런 생각이 들었어. '네가 대체 왜?' 물리적으로 먼 거리에 있어 엄마에 대한 무게도 가벼울 것만 같았고, 근처로 아무리 오라고 해도 그곳이 좋다며 끝끝내 곁으로 오지 않는 모습을 보며 섭섭하지만, 한편으론 네 삶을 즐기며 잘살고 있구나 안도했는데…. 풀 죽은 채 울고 있는 너의 목소리를 듣고 이내 너의 우울증을 나도 받아들였다. 그럴 수도 있지, 아플 수도 있지. 오죽하면 마음의 감기라고 하겠어? 괜찮아.

예전에 정신 간호학 수업 들을 때 교수님이 그러셨어, 스스로 병식이 있고 치료에 참여까지 한다면 그건 정신과에서 완치로 봐도 무방하다고 말이야. 나는 약을 먹어서 조절할 수 있는 질병들을 아주 환영해! 단지 먹기만 해서 증상이 좋아진다는데 얼마나 다행이니? 우울증도 마찬가지야. 잠깐 약을 통해 너의 소중한 일상을 잃지 않을 수 있다면 그건 정말 행운이야!

엄마에게 아픈데 아프다는 말도 못 해서 화가 난다던 네게 어떤 말을 해야 위로가 될지 모르겠다. 그래도 나라도 있어서, 전화로 털어놓을 수 있어서 다행이라고 하던 너에게 전화로는 전하지 못했던 고마운 마음을 이렇게 전해본다. 스스로 병원도 가고, 운동도 하고, 무엇보다 내게 털어놓아 줘서 정말 고맙다. 아무런 의욕이 생기지 않는다는 너에게 이것저것 해보라고 하는 내가 짜증 나겠지만 너의 평범한 일상을 위해 조금 더 노력해보자! 내가 결혼을 하고, 아이가 있어 멀어진 듯싶어도 나는 항상 네 편이고 네 가족이야. 언제든 힘이 들 땐 이곳으로 와! 아무것도 묻지 않고 방 한 칸 내어줄게! 그렇게 평생 사는 것도 재미있겠다!

네가 원치 않아도 우리는 운명공동체야! 잊지 마? 사랑한다.

마지막으로 나에게

고생 많았어. 네가 살아온 삶이 늘 옳은 것은 아니었지만 이렇게 너는 너를 뒤돌아보고 부끄러워할 줄도 알고 앞을 보고 달릴 줄도 아는 사람으로 성장했어. 네 딸에게 당부했듯 네 인생도 얼마든지 바꿀 수 있고, 선물일 수 있어. 늘 열심히! 를 외치는 너이지만 조금은 내려놓아도 돼. 쉬어야 또 달릴 수 있으니까 말이야. 건강도 챙기자! 지켜야 하는 것이 생겼으니 건강해야 해. 건강한 신체에서 건강한 정신이 나온다고 하잖아. 우리는 이제 앞으로 어떤 삶을 살아갈지 고민하고 실행하면 돼. 품은 꿈들을 하나씩 이뤄가는 너를 보고 싶다. 이제는 너의 인생을 즐길 차례야! 언제나 너를 응원할게.

◆ 이지효

사유와 기록을 좋아하는 사람. 마음 깊이
묻어 두었던 감정과 생각들을 조심스레
꺼내어 보았다. 타인의 글에서 받은 위로
와 공감을 돌려주는 사람이 될 수 있기를
바라며.

INSTAGRAM @leezzihyoo

우리가 하는 것이 정답

"너 레시피는 제대로 알고 있는 거야?"

함께 새로운 요리를 해보자는 친구에게 그 요리를 해본 경험은 있는지, 조리법은 제대로 알고 있는지 걱정스레 물었다. 그러자 꽤 산뜻한 대답이 돌아왔다.

"아니, 하지만 우리가 하는 게 정답이지."

우리가 만들어서 우리가 먹을 음식이니, 우리가 하는 방법이 정답이라는 친구의 말. 어쩌면 인생도 이와 같지 않을까? 하물며 하나의 요리도 사람마다 집집마다 제각기 조리법이 다른데, 다른 이의 인생을 보고 따라 갈 필요가 있을까?

우리가 직접 가꾸어 우리가 소화해 낼 삶이니, 다른 사람들의 인생 레시피가 어떻든 신경 쓰지 말고 그저 우리가 원하는 대로 생각하고 살아가 보자. 우리가 하는 것이 정답이니까.

같은 공간, 다른 우주

"오늘 본 영화 속 주인공 정말 멋지지 않아? 꿈을 이루기 위해 자신이 가지고 있던 것들을 내려 놓고 떠날 수 있는 용기가 정말 대단해 보이더라."

"글쎄, 하지만 주인공의 꿈을 위해 도와주었던 사람들까지 놓고 떠났잖아. 남겨진 사람들은 너무 허망하지 않을까?"

영화 속 주인공의 성장에 주목한 나와는 달리 조연의 헌신에 더 감명받은 너. 우린 서로 다른 경험을 가졌기에 서로 다른 캐릭터에 자신을 투영하였지.

그때 문득 우린 같은 공간에서 같은 작품을 감상했지만 같은 우주에 서있진 않았단 걸 깨닫게 되었어. 각자의 역사에 따라 모두 저마다의 우주 속에서 살아가고 있구나.

사람의 색깔

"사람을 색깔로 표현한다면 난 어떤 색 같아?"

"글쎄, 어떤 사람을 한 가지 색으로 나타낼 수 있을까? 난 사람은 흰색 도화지로 태어난다고 생각해. 살아가면서 그 도화지 위에 다양한 색을 입혀 나가는 거지. 예를 들어 행복한 경험을 하면 개나리색을 덧칠하고, 사랑을 할 때면 따뜻한 분홍색, 슬플 때는 차분한 파란색 이렇게 말이야."

"그럼 다들 검은 사람이 되는 걸까? 색깔을 계속 덧칠하면 검정처럼 어두운 색이 되잖아."

"그것도 사람마다 다르지 않을까? 네 말대로 색깔을 한곳에 계속 덧칠하면 검은색이 되겠지만, 아름답게 정렬하면 무지개가 될 수도 있잖아."

조용히 웃으며 대답하는 너는 무지개 같은 사람이다 싶었어. 어두운 검정과 같은 나도 네 곁에 있으면 조금은 환해질 수 있을까?

하늘 같은 사람

하늘은 참 다양한 면모를 가지고 있는 것 같아. 시간에 따라 무수히 다양한 색을 띠기도 하고, 아무리 많은 존재를 품어도 공간에 부족함이 없잖아.

〈인문학을 좋아하는 사람들을 위한 불교수업〉이라는 책에서 좋은 구절을 읽었어. "나는 벼락에도 멍들지 않는 허공과 같다." 멋진 말이지? 이 구절을 읽고 처음으로 하늘과 같은 사람이 되고 싶다는 생각이 들었어. 매서운 천둥과 벼락이 몰아쳐도 지나고 나면 아무런 흔적도 남지 않는 하늘처럼, 나 역시 아무리 슬프고 힘든 일이 있어도 그 아픔에 멍들지 않겠다고.

네가 바라보는 하늘은 어떤 하늘일까? 어떤 하늘이든 분명 눈부시게 멋질 거야.

결국엔 부서지는 삶

너와 함께 바닷가에 갔을 때, 멍하니 파도를 바라보던 네 모습이 떠올라. 넌 그때 무슨 생각을 하고 있었을까? 나도 널 따라 가만히 네 옆에 자리를 잡았지.

네 시선을 따라 파도를 보고 있자니 아주 많은 생각이 들기도 하고, 아무 생각이 들지 않기도 했어. 먼바다에서부터 힘차게 달려와 해변에 도달하면 결국 하얀 물거품을 만들며 바스러지는 파도들. 잔잔한 파도도, 거대한 해일도 얼마나 강한 물거품을 이는가의 차이일 뿐 종국엔 모두 부서지는 모양이 우리의 인생과 닮았더라.

명확한 의지도, 목적도 없이 바람이 부는 대로 크고 작은 형태로 달려가는 파도처럼, 우리 역시 마지막 순간이 올 때까지 그저 열심히 달릴 뿐이겠지.

광복절 단 하나의 태극기

"달력 좀 보자. 올해 휴일은 얼마나 있지?"

"완전 망했어, 공휴일들 전부 주말이야."

어느새 국경일은 본래의 의미를 상실한 것 같다. 달력을 보며 한 해의 휴일을 확인하는 일은 새해가 되면 으레 하는 일 중 하나가 되었다.

대한민국이 주권을 되찾은 뜻깊은 날을 기념하는 광복절. 수많은 아파트 창문 중 단 한 집만이 외롭게 태극기를 걸고 있다. 내가 어릴 적에는 국경일에 태극기를 달지 않는 것을 부끄럽게 생각하곤 했다. 삼일절이나 광복절이 되면 집집마다 태극기가 걸려 있었고, 걸리지 않은 집들이 이상하게 보일 정도였다.

하지만 이제 사람들에게 국경일은 본래의 의미보다 그저 휴일이라는 개념이 더욱더 강하게 작용한 나머지, 국경일이 주말에 걸리기라도 하면 모두 대체공휴일을 외치기에 바쁘다. 시간이 지날수록 사회가 여유를 잃어가고 있는 것이 느껴진다. 그럼에도 불구하

고 다른 이들이 태극기를 내걸든 말든 혼자라도 그 의미를 기억하

겠다는 저 단 하나의 태극기처럼 살고 싶다.

능동적 수동형 인간

　전형적인 집순이인 나에게 스페인으로 교환학생을 갔던 시절은 '그 누구의 눈치도 보지 않고 집에서 쉴 수 있는 자유' 그 자체였다. 친구들에게 파티나 나들이 초대가 와도 거절하기 일쑤였다. 남들은 해외에 갔으니 그 곳에서만 할 수 있는 일을 해보는 게 중요하지 않냐 했지만, 나에겐 집에서 맘껏 쉬는 것 역시 해외라야 누릴 수 있는 자유 중 하나였다.

　당시에는 나의 선택이 퍽 만족스러웠는데, 귀국하고 나니 문득 후회되는 순간들도 있었다. 대표적으로는 당시 스페인에 함께 있었던 친구들과 추억 이야기를 나눌 때.

　"스페인에 있을 때 이런 거 안 해봤어? 스페인에 있을 때 거기 가보지 않았어? 스페인에서 이런 음식 자주 먹어보지 않았어?"라는 질문에 내 대답은 대개 "아니, 안 해봤어. 안 가봤어. 안 먹어봤어." 로 끝이 나니까.

　내 행복을 위해 능동적 수동형 인간으로 사는 삶을 택했다고 믿었지만, 가끔은 스스로 삶을 너무 제한한 게 아닌가 싶은 후회가 들기도 한다. 능동적 수동형 인간보다는 차라리 수동적 능동형 인간으로 살았다면 조금 더 알찬 인생을 살 수 있었지 않았을까 하는.

상실의 슬픔

영화 〈데몰리션〉에서 주인공 데이비스는 교통사고로 한순간에 아내를 잃는다. 그러나, 아내가 사망한 다음 날 그는 평소와 다름없이 출근한다. 사랑하는 사람을 잃고도 동요하지 않는 모습에 주변 사람들은 그를 이상하게, 혹은 안쓰럽게 생각한다. 영화 속에는 다음과 같은 대사가 나온다. "슬프게도…그녀가 죽었는데 괴롭거나 속상하지도 않아요." 하지만 어느 날부터 데이비스는 눈에 보이는 것들을 닥치는 대로 분해하고 부수기 시작한다.

가까운 사람의 죽음을 처음 경험했을 때, 나 역시 데이비스와 비슷한 반응을 보였다. 사망 소식을 들은 첫날은 정말 아무렇지도 않았다. 그냥 어제와 같은 하루가 흘러갔다. 왠지 울어야 할 것 같아서 울어 보려고 했지만, 생각보다 눈물도 나지 않고 그저 담담하더라. 아무렇지 않게 밥도 맛있게 잘 먹고 잠도 잘 자는 나 자신이 역겨웠지만 이상하게 차분했다.

시간이 어느 정도 흐르고 나서야 그 사람의 부재가 실감 나더라. 데이비스가 텅 빈 집 안에서 아내의 부재를 느낀 것처럼, 그의 방에 덩그러니 남아 있는 그 사람의 물건들을 보니 그제야 숨이 막히고 눈물이 났다.

상실의 슬픔은 그라데이션으로 다가온다. 그 감정을 추스를 줄을 몰라 아무나 만나 아무에게나 기대고 아무에게나 내 이야기를 했다. 데이비스는 아내와의 추억이 담긴 집을 파괴했지만, 그때의 나는 나 자신을 파괴했던 것 같다. 파괴한다는 행동은 과연 무엇일까? 묘하게 카타르시스를 느끼게 하면서도 파괴된 잔해들을 보면 다시 마음이 어지러워진다.

오늘 마음을 다해 사랑하기

"이제 가면 대체 언제 다시 보니?" 스페인으로 떠나는 날 외할머니는 내 손을 잡고 눈물을 글썽이셨다.

"할머니, 저 금방 와요. 내년 여름이면 다시 오는 걸. 1년, 그거 아무것도 아니고 순식간이에요." 철없던 나는 그저 해외로 나간다는 생각에 잔뜩 들떠 있었다. 나중에 전해 들은 이야기이지만 외할머니는 내가 집을 떠난 후에도 창가에 서서 한참 동안 내가 떠나간 방향을 바라보셨다고 한다.

당시 외할머니는 오랜 암 투병을 하고 계셨다. 몇 차례 상태가 안 좋아지셨지만, 그때마다 강하게 이겨 내셨던 분이기에 나는 당연히 할머니가 내가 돌아올 때까지 나를 기다려 주실 줄 알았다.

"할머니가 많이 안 좋으셔. 자주 연락드리렴." 엄마가 이렇게 말했을 때도 조금 불안했지만, 그래도 언제나처럼 할머니가 이겨 내실 줄 알았다. 수화기 너머로 내가 돌아오기만 하면 내가 가장 좋아하는 호박죽을 끓여 주시겠다던 외할머니. 하지만 귀국을 한 달

앞둔 시점에 외할머니는 세상을, 나를 떠나셨다.

　사랑은 아무리 표현해도 모자라고 후회가 남는다. 더 사랑할 걸, 더 표현할 걸. 우리의 내일은 어쩌면 당연하지 않을 수 있다. 그러니 오늘 온 마음을 다해 사랑하자. 온 마음을 다해 사랑을 표현하자.

시절인연

시절인연(時節因緣): 모든 사물의 현상은 시기가 되어야 일어난다. 오늘날에는 '모든 인연은 오고 가는 때가 있다'라고 해석되기도 한다.

평생 함께하리라 믿으며 가족처럼 가깝게 지내던 친구가 하루아침에 말없이 떠난 적이 있다. 처음에는 무슨 일이 있는 게 아닐까 걱정했지만, 이후 별일 없이 지낸다는 소식을 들었을 때는 그저 화가 났다. 10년 넘게 유지해 온 우리의 관계가 고작 이 정도밖에 안되는지, 무언가 불만이 있어 끝을 맺고자 한다면 말이라도 해줘야하는 것이 아닌지 화가 났다. 이후 나도 서서히 친구에 대한 애정을 거둬들였다.

그렇게 서로의 소식을 모르고 지낸 지 5년이 흐른 후, 친구에게 갑작스럽게 연락이 왔다. 다시 만나러 가는 것이 맞을까 조금 망설였지만, 당시 힘든 일을 겪고 있던 친구가 먼저 연락해 준 만큼 가보는 게 맞다고 생각했다.

가서 막상 친구의 얼굴을 보니 그간의 미움은 눈 녹듯 사라지더라. 그저 친구가 어려운 시기를 잘 견뎌낼 수 있게 진심으로 위로를 건네고 나는 다시 일상으로 돌아왔다. 이 일을 계기로 우리의 관계가 어느 정도 회복될까 기대도 했지만 이미 망가진 관계를 예전처럼 돌리기는 쉽지 않았다.

현재 우리는 예전처럼 가까운 사이는 아니지만, 종종 안부를 전하며 서로의 삶을 응원하는 관계로 남았다. 그 친구를 떠올리면 시절인연이라는 말이 실감 난다. 이제는 멀어져 버린 인연이지만 한때는 가족과도 같았던 친구. 평생을 함께하리라 생각했지만, 하루 아침에 나를 떠나 상처를 주었던 사람. 하지만 이제는 안다. 그저 우리의 아름다웠던 시절인연이 지나갔을 뿐이라는 것을.

공간을 공유한다는 것

꽤 오랫동안 내 취향의 물건들로 가득 채운 나만의 공간을 꿈꿔 왔다. 벽지, 인테리어, 소품, 가구 하나하나 내 취향에 맞는 것들만 골라 꾸민 곳.

하지만 여전히 부모님 댁에 있는 내 방에는 다른 가족들의 물건 들이 조금씩 자리를 차지하고 있다. 집을 나와서는 친구들과 함께 살아왔기 때문에 언제나 친구들의 물건을 함께 둘 수밖에 없었다.

하나의 공간을 공유하고 있는 여러 사람의 물건을 보고 있으니 그런 생각이 들었다. 공간을 공유한다는 것은 결국 마음을 허락한 다는 것이 아닐까? 독립된 개인 공간을 소유하는 건 누구나의 소망 이겠지. 그럼에도 타인에게 자신의 공간 한 편을 내어준다면, 그건 그 사람에게 내 마음 한 켠을 내준다는 의미와 같지 않을까.

욕심이 많으면 인생이 산으로 간다

다들 내가 진짜 좋아하는 일을 찾아서 그걸 하며 살라고 말해. 진정으로 무엇을 원하는지 알아가는 여정은 사람이 살아가면서 풀어야 할 가장 어려운 숙제인 것 같은데, 나만 빼고 다들 그 숙제를 해치워버렸나 봐.

사공이 많으면 배가 산으로 간다는 말이 있잖아. 난 요즘 내 인생이 그런 것만 같아. 욕심이 너무 많아 인생이 산으로 가는 느낌이야. 무엇 하나 제대로 된 것 없이 원하지 않았던 방향으로 삶은 계속 흘러가는데, 내 안의 사공 간 의견이 좀처럼 좁혀지지 않네.

자신감을 상실한 헤라클레스

자신감을 잃은 헤라클레스를 상상이나 할 수 있을까? 자신감을 상실한 영웅은 어떻게 살아가야 하는 걸까? 이전의 나는 스스로에 대해 넘치는 자신감, 명확한 복표와 꿈을 가지고 살았던 것 같은데 지금의 나는 어느새 겁쟁이가 되어 버렸다.

한때는 내가 이 세상의 주인공인 줄 알았다. 세상은 나를 중심으로 돌아간다고 생각하며. 내가 하고자 한다면 못 할 일은 무엇도 없으며, 원하는 바를 모두 쟁취하는 삶을 살아갈 줄 알았다.

하지만 세상은 그렇게 만만하지 않더라. 시간이 지날수록 삶에는 자꾸만 감당하기 어려운 산들이 나타났다. 그 어떤 어려움도 헤쳐 나갈 수 있을 것 같았는데, 결국에 승리를 거머 쥘 것이라 생각하며 살았는데, 연속되는 실패에 더는 앞으로 나아가기가 망설어진다.

마지막 순간, 다시 처음으로

대학원 졸업논문을 쓸 때 거의 마무리가 된 시점에서 다시 처음으로 돌아가 수정해야 하는 일이 생겼다. 이제 정말 다 끝났구나 싶었던 순간 다시 처음으로 돌아가야 한다는 사실은 정말이지 허탈함과 막막함 그 자체였다. 마지막 남은 모든 에너지를 끌어 올려 집중했는데, 도돌이표처럼 다시 돌아가야 한다는 말을 들으니 맥이 탁 풀리더라.

한번 흐트러진 집중력은 좀처럼 돌아오질 못했다. 더 좋은 결과를 위해 주어진 새로운 기회임을 알지만, 그럼에도 다시 걸어가야 할 길이 얼마나 긴 여정인지 알기에 다시 시작하기까지 참 오랜 시간이 걸렸다.

맹목적 열정과 그 후의 공허함

반년 동안 모든 것을 잠시 접어두고 오로지 졸업논문 완성에만 몰두했다. 논문을 다시 쓰는 과정은 쉽지 않았다. 오류는 끊임없이 발견되었고 아무리 고쳐 나가도 수정에는 끝이 없었다. 내가 달리는 이 길이 끝이 있는 터널인지, 돌고 도는 뫼비우스의 띠인지 분간이 되질 않던 나날들.

시간이 지날수록 이게 과연 내가 할 수 있는 일인지 의문이 들었다. 무력함은 서서히 나 자신을 잠식해 나갔다. 논문이 잘 써지지 않을 때면 나 자신의 존재 가치가 부정당하는 느낌이었다. 세상에서 가장 멍청한 사람이 된 것만 같은 기분. 능력도 되지 않는데 잘난 체하며 섣불리 학문의 길에 발을 들였다가 호되게 혼나고 있구나 싶더라.

포기하고 싶은 순간도 많았지만 그래도 일단 시작했으니 끝은 맺겠다고, 나 자신에게 지지 않겠다고 다짐했다. 처음엔 논문을 잘 쓰고 싶었지만, 이후에는 그냥 완성만 하자는 마음으로 달렸다. 그렇게 하루에 10시간 이상 책상 앞에 앉아 보낸 수개월. 결과에 상관없이 후회 없이 쏟아 보자, 시간 안에 완성만이라도 해보자는 목표를 향해 그저 맹목적으로 달렸다.

논문은 무사히 심사를 통과했고, 나는 대학원 졸업장을 손에 쥐었다. 해방감이 앞섰다. 도저히 끝이 보이지 않는 터널에서 드디어 빠져나왔구나 하고.

하지만 반년 동안 나를 지탱해 준 맹목적 목표가 사라졌기 때문일까? 이성적으로 생각했을 때 그 무엇도 잘못된 것은 없었지만, 어째서인지 모든 것이 잘못된 것만 같았고 모든 것이 불안했다. 시간이 지날수록 그렇게 알 수 없는 공허함과 우울감이 다시 나를 집어삼켰다.

제 2의 사춘기

대학원 졸업 후 나는 제2의 사춘기를 겪었다. 삶의 방향과 목적을 상실하고 이리저리 방황했다. 대학원에 진학할 때는 분명한 목표가 있었는데, 막상 시기를 지나고 보니 대체 무엇을 위해 대학원에 진학했는지조차 잘 기억이 나질 않았다. 지금까지 분명 무언가 목표 의식을 가지고 달려왔던 것 같은데, 그건 대체 무엇이었을까?

좋아하는 공부를 해 왔고, 그 경험을 살려 앞으로의 인생을 꾸려가고 싶었다. 하지만 과연 나에게 그럴 자질이 있는지 끊임없이 의심이 들었다. 이제는 내가 진정으로 무엇을 원하는지조차 잘 모르겠더라.

앞으로 어떻게 살아야 할지 도무지 감이 오지 않았다. 원래 계획대로 공부를 더 이어가야 하나? 내가 그럴 능력이 되나? 괜히 여기서 더 시간과 비용을 들였다가 나중에 더 크게 후회하면 어떡하지? 전공을 살려서 일하려고 했는데, 내가 과연 할 수 있을까? 지금까지 전공만 붙잡고 살아왔는데, 그게 아니라면 앞으로는 무엇을 해야 하는 거지? 내가 너무 전공에만 매달려온 건 아닐까? 사실 내 길은 다른 곳에 있는 게 아닐까? 마치 자기 꼬리를 쫓아 뱅글뱅글 도는 강아지처럼 답이 없는 질문에 해답을 찾기 위해 제자리걸음을 하는 기분이었다.

그러다 어렵사리 결론을 내렸다. '돈을 벌어보자'라고. 전공을 살릴 자신이 없다면 더 늦기 전에 빨리 다른 길을 찾아보자고. 그 것이 나의 결론이었다.

자기 존재의 부정

전공을 버리고 그냥 돈을 벌어보자는 선택지를 택한 내 앞에 놓인 미래는 마냥 빛나지만은 않았다. 나이는 벌써 20대 후반이지만 지금까지는 전공 공부만 해왔기에 일반적으로 취업을 위해 무엇을 준비해야 하는지, 무얼 고려해야 하는지조차 알지 못하는 상황이었다. 그저 더 늦기 전에 뭐라도 해야 하지 않을까 하는 강박관념 하나만으로 다른 사람들의 준비과정을 따라 했다.

자기소개서 잘 쓰는 법 강의를 듣고, 취업에 도움이 된다는 책을 사서 읽고, 토익 점수를 만들기 위해 시험을 보러 다녔다. 좋아하는 일이 아닌 돈 그 자체가 목표였기에 직무와 산업도 크게 고려하지 않고 단지 연봉 조건만 보고 여기저기 이력서를 뿌렸다. 하지만 번번이 들려오는 탈락 소식은 나를 계속 갉아먹었다.

어느 순간부터는 그런 생각이 들었다. 나는 정말 뭐 하나 제대로 할 줄 아는 게 없구나. 세상에 나보다 더 바보 같은 사람이 있을까, 남들은 취업도 진학도 잘만 하는데, 다들 자기만의 자리를 잘 찾아가는데 왜 나만 이렇게 제자리에 있는 걸까.

자기 자신에 대한 확신 없이, 어디 소속된 곳도 없이 계속해서 맛보는 실패는 끊임없는 자기 부정, 불안, 우울로 이어졌다.

눈물샘

눈물샘은 사실 눈이 아니라 심장에 있는 게 아닐까? 눈물은 마음에 쓰레기들이 가득 쌓여 넘쳐흐를 때 흐르니까. 울음이 날 것 같은 기분은 언제나 왼쪽 가슴의 간질거림으로 시작되곤 하니까. 작은 점처럼 간질거리던 기분이 점차 차올라 심장을 가득 메우면 혈관에서 피가 온몸으로 퍼지듯 눈물이 온몸으로 퍼진다.

가득 찬 욕조에 발을 담그면 물이 넘치듯 참아보려 할수록 눈물은 더 빨리 차오를 뿐이다. 그렇게 퍼져 나간 눈물이 머리부터 발끝까지 흘러내리면, 그제야 지끈거리는 머리와 함께 잠이 들곤 했다.

용기 내 고백한 우울

무엇보다 졸업 후 계속되는 공백기에 가족들의 눈치를 보는 날들이 힘겨웠다. 곧 은퇴를 앞둔 부모님, 안정적인 직장에 결혼까지 해서 어느 정도 자리를 잡은 언니. 부모님께서는 "네가 취업만 하면 이제 집에는 걱정거리가 없다"라는 말씀을 종종 농담처럼 하시곤 했다. 하지만 나에겐 그 말이 농담처럼 들리지 않았다. 마음이 불안정했던 내게 가족들의 눈치는 종종 "너만 없으면 우리 집엔 걱정거리가 없다"로 들리기도 했으니까.

어느 순간 살아간다는 게 참 무의미하게 느껴졌다. 눈을 뜨면 희망찬 내일이 아니라 또다시 힘겹게 버텨야 하는 하루가 있을 뿐이었다. 죽는 순간까지 얼마나 이렇게 많은 날을 버텨야 할지 아득할 따름이라, 사소한 일에도 그냥 죽고 싶다는 생각이 쉽게 들곤 했다. 나의 죽음에 슬퍼하는 얼굴들이 그려졌지만, 타인이 슬퍼하지 않기 위해 살아있는 인생이란 또 무슨 의미인가 싶었다.

너무 자연스럽게 죽음에 대해 생각하다 보니 어느 날은 문득 그런 나 자신이 무서워졌다. 아무리 힘들어도 이렇게 쉽게 자주 구체적으로 죽음을 생각한 적이 있나? 사실은 죽고 싶은 게 아니라 나도 잘 살고 싶은 것인데.

이러다가 정말 어느 날 갑자기 큰일이 날 수도 있을 것 같다는 생각이 들었다. 하지만 다른 이에게 불안과 우울에 대해 말하자니 또다시 많은 망설임이 들었다. 나의 우울이 타인에게 전염되면 어떡하지? 내가 심각한 이야기를 꺼내서 그 사람이 불편해하면 어떡하지? 다들 제일로도 충분히 벅차고 힘들 텐데, 다른 사람의 불행한 이야기는 듣고 싶지 않을 텐데, 하지만 나도 누군가에게 이야기하고 싶었다.

무엇보다도 엄마에게 말을 꺼내기가 참 어려웠다. 엄마는 강한 사람이라 이런 내 마음을 이해하지 못할 것만 같았기에. 이전에도 내가 넌지시 힘들다고 이야기를 꺼내면 "다들 그렇게 힘들게 산다.", "네가 너무 나약한 것이다. 마음을 좀 강하게 먹어라."하고 말씀하셨으니까.

누군가에게 우울을 고백하는 일만큼 힘겨운 일도 없다. 하지만 그날은 용기를 내 엄마에게 말을 꺼냈다. 나 정말 힘들다고, 가끔은 무서운 생각을 하는 나 자신이 무섭다고, 나를 좀 붙잡아 달라

고. 예상과 달리 엄마는 나를 꼭 안아 주셨다. 엄마의 품 안이 숨
막히게 따뜻해서 나는 한없이 울었다.

문득 바라본 보라색 하늘

졸업 후 취업 준비를 하며 무기력하게 살아가고 있던 어느 날 친구를 만나러 가는 길이었다. 차를 타고 친구의 집으로 향하는데 문득 바라본 창문 밖 하늘이 굉장히 아름다웠다.

보라색 같기도 하고, 푸른색 같기도 한 색상이 뒤섞여 아름답게 펼쳐져 있었다. 그렇게 예쁜 하늘을 얼마 만에 보았는지. 순간 내 삶에는 아직 보지 못한, 앞으로 볼 수 있는 예쁜 하늘색들이 얼마나 많이 남아있을지 궁금해졌다. 그 하늘색들을 보고 싶어서 좀 더 살아보고 싶다는 생각이 들었다.

계획되지 않은 행복

오랜만에 조조영화를 보러 가려고 마음먹은 날 늦잠을 자고 말았다. '오늘도 이렇게 생산적이지 못한 하루를 보내겠구나' 했는데, 오후 2시쯤 문득 산책하러 가고 싶다는 생각이 들었다. 평소의 나라면 '이미 하루의 절반이 지나갔는데 이제 나가서 뭐 하나'하고 생각했겠지만, 그날은 조금 달랐다.

'늦잠을 잤다고 해서, 영화표를 취소했다고 해서, 이미 2시가 넘었다고 해서 외출하지 말라는 법은 없잖아?'

일단 움직여보자 하는 생각에 대충 세수를 하고 아무 옷이나 껴입고 가방에 노트와 지갑을 쑤셔 넣고는 무작정 집 밖을 나가 목적지 없이 걷고 또 걸었다. 그렇게 걷다 보니 내가 그동안 참 많은 것을 놓치고 살았구나 싶더라.

이사 온 곳이 시골이라 차가 없으면 아무 데도 가지 못할 것만 같았는데 막상 걸어보니 생각보다 멀지 않은 곳에 편의시설들이 많았다. 항상 가고 싶었지만 지도만 보고 너무 멀어서 가지 못하겠다고 생각했던 카페들은 모두 걸어서 한 시간도 걸리지 않았다.

걷는 동안 바라본 풍경도 마치 외국에 온 것처럼 색달랐다. 사람은 마음가짐에 따라 상황을 다르게 볼 수 있다는 말이 실감이 나더라. 여행을 왔다고 생각하며 걸으니 정말 해외에 있는 어느 고적한 시골 동네를 산책하는 기분이었다.

한 시간 정도 정처 없이 걷다가 힘이 들어 눈앞에 보이는 아무 카페나 들어갔다. 소위 말하는 인스타 감성 카페도 아닌 조금은 예스러운 분위기의 오래된 카페였다. 검색도 하지 않고 방문한 것이라 큰 기대를 하지 않았지만 의외로 카페 안에서 바라본 풍경은 정말 멋있었고 카페에서 파는 아이스크림도 너무 맛있었다.

원래 계획과는 전혀 다른 충동적인 하루를 보냈지만 굉장히 즐거웠다. 계획하지 않은 일에서 만난 의외의 행복이 이런 것일까? 인생도 별반 다를 게 없다는 생각이 들었다. 모든 것이 계획대로 된다면 참 좋겠지만, 그렇지 않더라도 또 다른 길에서 뜻밖의 행복이나 기쁨을 맛볼 수 있지 않을까?

작은 어항 속 세상

나의 첫 직장은 어항과 같았다. 넓고 자유로운 바다인 줄 알았지만 들어와 보니 녹조 가득한 작디작은 어항이었던 곳.

취업을 고민하며 방황하던 날이 이어지던 어느 날 지인의 추천으로 한 외국계 회사에 들어가게 되었다. 전공과는 전혀 무관한 분야였지만 흔한 인턴 경험조차 없던 20대 후반인 나에겐 정규직으로 취업할 수 있다는 것 자체가 당시엔 행운으로 느껴졌다.

하지만 생소한 분야에서 첫 사회생활을 시작한 나는 모든 방면에서 서툴렀고, 언제나 긴장한 상태였다. 어항 속 생태계는 호락호락하지 않았고, 그곳엔 답답한 어항 생활에 여유를 잃은 오래된 물고기들이 가득했다.

작은 실수에도 크게 혼이 나는 일이 다반사였고, 간혹 업무와 무관한 비인격적인 발언을 듣기도 했다. 하지만 모든 것이 처음이었던 나는 그냥 그것이 당연한 줄 알았다. 다들 그러고 산다니까. 그리고 언제나 자책했다. '저 사람은 얼마나 답답하면 저런 말을 할까, 내가 실수하지 않았더라면 되었을 일이지, 나도 내가 답답한데 다른 사람들은 오죽하겠나, 부족한 내 잘못이지, 그냥 내가 더 열심히 해야지.'

하지만 아무리 노력해도 단기간에 업무 능력은 향상되지 않았다. 사람들은 점점 서툰 나를 이해하는 것에 지쳐갔으며, 나 역시 사람들의 날카로움에 베이는 것에 지쳐갔다. 그러나 당장 이직할 여유가 없던 나는 그저 모든 것을 받아들이는 수밖에 없었다.

아가미도 없이 작은 어항 속에 갇혀 허우적거리는 기분. 일주일에 5일을 물속에서 숨을 참는 기분으로 지냈고, 주말 이틀은 잠시 수면 밖으로 나와 호흡을 가다듬으면서도 다시 물속에 잠겨야 한다는 두려움으로 불안에 떨었다. 그렇게 나는 배를 뒤집고 죽기 직전인 금붕어 같은 상태가 되어서야 건져질 수 있었다.

살고 싶어진 순간의 기록

좀 더 살아가기 위한 몸부림으로 살고 싶어졌던 순간을 기록하기 시작했다. 그동안은 너무 거창한 꿈을 안고 살아서 지친 것은 아닐까 싶었기에, 나를 살고 싶게 하는 순간이 궁금해졌다. 그것이 아무리 사소할지라도.

약 3개월 정도 기록했는데, 내용은 정말 별것 없더라. 꼭 가보고 싶었던 락 페스티벌을 아직 가보지 못해서, 그림을 배워보고 싶어서, 입어 보고 싶었던 옷을 아직 못 입어 보아서, 반려동물을 키워 보고 싶어서, 엄마 아빠와 스페인 여행을 가고 싶어서.

기록하고 보니 삶의 이유가 거창할 필요가 있을까 싶었다. 그저 하루라도 더 사랑하는 가족들과 친구들 얼굴을 보고, 그들의 손을 잡고 마주 보고 이야기를 나누고, 함께 맛있는 식사를 한 끼 더 하는 것이면 살아갈 이유는 충분하지 않을까?

이후 우울해질 때면 기분이 아닌 감각에 집중하는 연습을 했다. 그러면 살아 있어서 좋다는 생각이 들곤 했다. 감각은 살아 있어야

만 느낄 수 있으니까. 좋은 노래를 듣고 좋은 향기를 맡고 아름다
운 자연과 동물들을 보고 시원한 바람을 느끼는 것. 이런 작은 즐
거움들이 아쉬워서 살아보고 싶어졌다. 아쉬움이 남아 있는 한 어
쨌든 살아 있는 게 더 낫겠다 싶었다.

찬란하고 암담한

인생이란 무엇일까? 가끔은 너무 찬란해서 계속 살아보고 싶지만, 가끔은 너무 암담해서 그만두고 싶게 만드는 내 인생, 내 운명.

인생이 참 덧없다는 생각이 나를 휘덮을 무렵, 우울에서 벗어나기 위한 의식적인 행동으로 뮤지컬 관람권을 예매했다. 꼭 한 번 보고 싶었지만 매번 매진이라 보지 못했던 공연인데, 정말 운이 좋게도 딱 한 자리 좌석이 남아 있어 충동적으로 표를 구매했다. 공연은 기대 이상으로 감동적이었고, 진심으로 살아 있어서 다행이라고 생각했다. 우연한 기회에 잡은 큰 행운은 내게 삶의 경이로움을 느끼고 살아갈 희망을 주었다.

하지만 그 희망은 바로 다음 날 더 큰 절망으로 나를 배신했다. 여느 때와 같이 받은 엄마의 전화와 수화기 너머로 들려온 아빠의 암 선고. 평소처럼 밝은 목소리로 내게 괜찮다고 하는 아빠의 목소리에 나는 목이 메어 황급히 전화를 끊었다. 나는 이제 세상의 경이로움과 희망을 믿어 보려고 했는데 인생은, 우주는 그런 나를 잔인하게 비웃었다.

우울한 어둠의 바닥에서 엄마 아빠와 오랫동안 행복하고 싶다는 생각으로 기어올라왔는데, 다시 나락으로 떨어지는 기분이었다. 인생은 고통의 연속이고 찰나의 행복에 기대 살아갈 뿐이라 하더라. 그렇다면 찰나의 행복은 이 지옥에서 벗어나지 못하게 하는 족쇄인 걸까, 아니면 풍랑에 뒤집히지 않도록 붙잡아주는 닻인 걸까.

여전히 흔들리는 삶

족쇄인지 닻인지 모를 찰나적 행복의 존재에도 불구하고 내 삶은 여전히 흔들리고 있다. 무심코 내뱉은 타인의 말 한 마디에 상처받고, 때로는 스스로 상처를 주면서. 하지만 인생의 유한함을 깨달은 지금은 이전보다는 버티는 힘이 생긴 것 같다.

오히려 인생의 마지막 순간을 눈앞에 생생히 그려보고 나니 마음이 한결 가벼워졌다. 힘들고 궂은 나날들이 이어져도 아무리 길어봐야 내 앞에 남은 시간은 8~90년밖에 없다고. 내가 맞이할 수 있는 봄은 100번도 남지 않았다고. 그렇게 생각하니 남은 날이 그리 길지도 않구나 싶었다.

마지막을 생각해보기 전까지는 나 자신에게 굉장히 엄격한 잣대를 들이대곤 했다. 하지만 이제는 힘든 일이 생기면 가만히 생각해본다. '죽어야 할 만큼 큰일인가?' 조금 살벌하게 들리기도 하지만, 그 정도의 큰일이 아니라면 그렇게 심각할 필요가 있나 싶다. 그냥 '어쩌라고' 마인드로 가볍게 넘기고 나가서 아이스크림 한 입 더 먹고, 시원한 공기 한 번 더 즐기면서 나에게 하루 이틀 더 세상을 느낄 기회를 줘도 좋지 않을까.

몸에 힘을 빼야 떠오른다

몸에 힘을 빼야 물 위로 떠오를 수 있음을 느낀 순간들이 있다. 이후로는 살아가면서 의식적으로 몸에 힘을 빼려고 한다. 이전에는 수영도 하지 못하면서 허우적거리며 무언가 해내려고 하는 내가 있었다면, 이제는 그냥 될 대로 되든가 하는 심경으로 몸과 마음에 힘을 빼고 그냥 물결에 나를 맡긴다.

그러면 내가 가고 싶은 곳으로 가지는 못하더라도 최소한 숨 막히게 익사하는 기분에서 벗어나 수면 위 하늘을 바라볼 수 있는 여유가 생긴다. 요즘은 그냥 그런 느낌으로 살아가고 있다.

4월, 내 1년의 시작

세상이 정한 일 년의 시작은 1월 1일이다. 매년 1월 1일이 되면 모두가 새로운 마음으로 새로운 시작을 준비한다. 하지만 이 1월 1일조차 양력인지, 음력인지에 따라 달라진다. 서구에서는 양력 1월 1일을 한 해의 시작으로 여기지만, 동양에서는 음력 1월 1일을 기념하는 국가들이 여전히 많다.

나에게 한 해의 시작이란 4월 내 생일이다. 정말 자기중심적인 생각이지만, 그냥 그런 생각이 들었다. 직접 만나 본 적도 없는 예수님과 부처님의 생일도 온 세상이 매년 기념하는데, 나 하나쯤은 내 생일을 기준으로 살아봐도 괜찮지 않을까 하고.

미라클 나잇

성실한 사람들은 다 실천한다는 미라클모닝에 도전해 보았다. 일찍 잠자리에 누워도 좀처럼 잠이 오질 않아 실제로는 굉장히 늦은 시간 잠이 들었다. 그리고 새벽같이 일어나려고 하니 내가 한 것은 미라클모닝 보다는 미라클에 가까웠다.

한번은 일찍 일어났다가 다시 잠드는 바람에 약속을 가지 못한 적도 있다. 내가 지금 뭘 하고 있는 건가 싶더라. 송충이가 솔잎을 먹고 살아야지, 꿀벌이 멋져 보인다고 꿀을 따러 다닐 수는 없는 노릇이다.

미라클모닝의 핵심은 '일찍 일어나는 것'이 아니라 '남들에게 방해받지 않는 시간을 활용해 생산적인 일을 하는 것'임을 아주 나중에서야 깨달았다. 몇 번의 시행착오 후 나는 나만의 미라클 시간을 찾아냈다. 미라클모닝이 아니라 미라클나잇을. 사실 낮이든, 밤이든 무슨 상관이 있을까? 열심히 달리는 매 순간 우리는 크고 작은 기적을 만들어 낼 텐데.

거꾸로 가는 열차

음악 프로그램 〈너의 목소리가 보여〉에서 '신경우' 출연자가 부른 '거꾸로역'이라는 노래에는 이런 가사가 나온다. "거꾸로 역으로 가는 열차는 틀린 게 아니라 다른 거래요".

내 삶 역시 거꾸로 가는 열차에 올라탄 것만 같다. 틀린 게 아니라 다른 것이라는 것을 머리로는 알지만, 그럼에도 남들과 다른 방향으로 가는 것은 여간 불안한 일이 아니다.

그래도 주눅 들지 말아야지. 거꾸로 가는 열차도 나름의 목적지는 있으니까. 조금은 외로울지라도 힘차게 끝까지 달려 나가야지.

◆   파 랑

학생들을 너무 좋아해 늘 애정을 표현하
지만, 몰라준다고 자주 삐지는 선생님.

'말도 안 듣는 꼬물이들'이라고 투덜대지
만 '선생님'이라고 부르는 소리에 다 용서
되는 바보.

인디고

인디고... 빛과 가장 가까운 색

2000년대 이후로 등장한 인디고 교육학에서는 1980년 이후에 태어난 아이들을 인디고라 부른다. 기존 세대가 이루지 못했던 인류애, 평화, 사랑을 이루기 위해 태어난 이 아이들은 많은 부분에서 다른 모습을 보인다고 한다. 인디고들은 사람들이 흔히 말하는 일류대학, 대기업의 이름표에 연연하지 않으며, 어떤 조직에도 속해있다는 느낌을 받지 않는다. 그리고 특이하게도 책이나 수양을 통해 스스로 영적인 부모를 택한다고 한다. 그대가 만약 인디고의 영적 부모로 선택되었다면 그들이 자신 존재에 대한 직감적 통찰을 잃지 않도록 세심하게 배려해야 한다.

인디고 영혼의 임무는 오래되고 낡은 것들에 질문하고 도전하며 새로운 길을 창조하는 것, 이들은 영혼의 개척자들이다. 아이들은 높은 자존감을 가지고 태어나며 사회에서 말하는 권위에 엄청난 거부감을 느낀다.

인디고... 빛의 아이들... 오래된 영혼

밤의 별처럼 빛나는 별의 아이들이 이제 우리에게 돌아오고 있다.

이상한 대화

"선생님! 안녕하세요" "응 그래 나도 사랑해"

"김 선생님 이것 좀 해주세요" "저도 사랑합니다."

무맥락의 이 대화는 우리 학교에서 매일 일어나는 일이다. 처음에는 모두 당황하고 어리둥절 하지만 그다음은 웃음이 그리고 마지막에는 행복이 찾아온다. 눈에 보이는 것들만 보게 되면 사람보다는 일이, 잘한 일보다는 실수가 보이기 마련이다.

몇 해 전 학생들을 대상으로 하는 설문조사를 신문에서 읽은 적이 있다. 가장 듣고 싶은 말 1위는 '사랑해'였고 2위가 '미안해'였다. 그날 이후 나는 이 무맥락의 대화를 시작했다. 지금은 학생들도 나를 닮아 이 무맥락의 대화를 즐기지만 처음 했을 때 흔들렸던 동공들을 아직도 잊지 못한다.

이상하지만 마음을 채워주는 대화

누군가를 행복하게 만드는 것은 이상하지만 용기 있는 말 한마디가 아닐까?

"꼬물이들! 사랑해 그리고 쌤이 공부 너무 많이 시켜서 미안해"

거꾸로

교사들 사이에서 '선생질 20년 하면 반 점쟁이가 된다.'라는 말이 있다. 이 말은 주로 '사람 보는 눈이 예리하다'라는 뜻으로 해석되는데 나는 좀 다르게 생각한다. 이 말은 '마음의 눈으로 사람을 볼 수 있게 된다'라는 뜻이다.

'선생님 미워요'라는 말이 '나는 선생님이 좋아요'라고 들리고 '선생님 오늘 옷 별로예요'라는 말이 '나는 선생님과 친하게 지내고 싶어요'로 들리기 때문이다.

모든 것이 거꾸로 들리기 시작하면 그 존재를 사랑하지 않을 수 없게 된다.

'시집은 언제 가니?'라는 엄마의 걱정이 '네가 기댈 수 있는 버팀목이 있었으면 좋겠다.'라는 말로 들리고 '난 괜찮아'라는 친구의 말이 '나 좀 안아줘'로 들리기 시작하면, 그렇게 마음의 눈으로 거꾸로 보게 되면 모든 것을 사랑하게 된다.

모든 것은 아는 만큼 사랑하게 된다.

까르르

교무실 내 맞은편 옆자리 내가 제일 좋아하는 선생님이 한 분 계신다. 개구쟁이인 나는 은근히 수줍고 사랑스러운 이 선생님을 어떻게 하면 놀릴 수 있을까 고민하다 뜬금없이 포옹하고 까르르 웃는다. 나보다 15살이나 더 많은 어른을 놀린다고 혼을 내실 수도 있으실 텐데 내가 그럴 때마다 순한 얼굴로 배시시 웃어주신다. 아마 당신도 그 미소를 본다면 사랑하지 않을 수 없을 것이다.

인간관계란 참 이상하고도 오묘하다. 알아 온 기간이나 호구조사 따위는 필요 없으니까. 우리의 친밀함은 영혼에 이미 새겨진 것처럼 자연스럽고 당연하다. 나는 당신을 사랑한다.

나의 은근히 수줍고 사랑스러운 사람아! 우린 전생에 잉꼬부부였나보다. 까르르

나에 대한 자신감을 잃으면
세상의 모든 것들이 나를 공격한다

오늘 먼 곳으로 시집을 갔던 제자에게서 연락이 왔다. 작은 꼬물이가 언제 벌써 커서 시집을 갔나 싶은 반가운 마음에 카페에 앉아 신나게 수다를 떨었다. 한참 이야기꽃을 피우고 있을 무렵 제자의 눈에서 눈물이 뚝 떨어지기 시작했다. 가끔 제자들은 결혼도 안 한 나에게 결혼 생활을 상담하러 온다. 결국 결혼도 인간관계의 연장선이기에 조언이 필요했으리라.

나에 대한 자신감을 잃으면 세상의 모든 것들이 나를 공격한다.

당차고 무슨 일이든지 대범하게 넘기던 나의 자랑스러운 제자가 시댁과 남편 그리고 주변 사람들의 눈치나 보는 쫄보가 되어 나타난 것에 눈물이 쏙 빠지도록 혼을 내놓으니 조금은 진짜 나의 꼬물이로 돌아와 있었다.

'나다움'을 잃어버린 마음은 면역력이 없다. 주변 사람들이 하는 모든 말에 생채기가 나고 결국에는 나와 주변 사람에게 어떤 시도도 하지 못하게 되는 상태가 되어버리는 것이다.

나다움을 해치는 모든 것으로부터 나를 지키는 '전투력', 해로운 세균과도 같은 말들과 시선을 튕겨 낼 '방어력'

택시를 타고 집으로 돌아가는 제자가 카톡에 남긴 한마디

"쌤 저 오늘부터 전투태세에요! 이기고 올게요"

역시 나의 제자, 나의 꼬물이다.

옛날엔 그랬는데, 지금은 아닌 것

내가 가는 마사지 샵엔 신입이지만 손이 야무진 어여쁜 아가씨가 있다. 사람을 좋아하는 나는 친한 척을 하며 도란도란 이야기를 많이 하는데, 어느 날 그 아가씨가 '그때가 좋을 때다'라는 말이 제일 듣기 싫은 말이라며, 어른들이 그런 말을 할 때마다 이해가 안 되고 기분이 좋지 않다고 했다. 한참 어여쁜 20대 아가씨와 40을 바라보는 나는 세대 차이가 크게 나지만 그 말에 나는 동감한다고 말해주었다. 예전에는 그 말이 통용되는 사회였지만 오늘날은 아니지 않은가?

고등학교에서 학생들을 가르치며 내가 늘 해주는 말이 있다.

"얘들아, 어른들 본받지 말고 너희들 인생을 살아야 한다. 어른들은 너희가 버릇없다 말하지만 그건 너희가 우리나라 역사를 통틀어 가장 똑똑한 세대라 그래. 기존 사회의 오류를 너무 빨리 알아버리거든. 그러니 너희가 원하는 삶을 살아라."

내가 이렇게 말하면 학생들은 반짝이는 눈으로 고개를 격하게 끄덕여 준다.

　이 세대의 어른들에게 말하고 싶다. 우리가 그렇게 살았고 그 방법이 통했다고 젊은 세대도 그렇게 살아야 한다고 말한다면 당신은 다시 학교에 다니며 공부를 해야 한다고. 우리의 젊은이들은 어리석지도 버릇없지도 않다. 다만 우리가 공부를 안 한 거다.

사회생활 꿀팁

고3 졸업을 앞둔 나의 학생들에게 사회생활의 꿀팁이라며 알려주는 세 가지가 있다.

첫째, 인사가 만사다.

인사 잘하는 학생은 한 번 더 눈이 가고 성적이 달라진다. 공부도 결국에는 인간관계가 밑바탕이 되어야 하고 지식도 마음이 통하고 생각이 통해야 내 것이 된다.

둘째, 따뜻한 무관심을 가져라.

가끔 인간관계에 있어 친밀함보다 더 큰 배려는 상대의 허물을 못 본 척 넘어가 주는 따뜻한 무관심이다. 모든 사람이 말할 때 너는 침묵해 주어라.

셋째, 쓸데없이 많은 사람의 인정을 받으려 애쓰지 말아라.

내가 아무리 성격이 좋아도 10명 중 5명은 나에게 무관심하고 3
명은 나를 좋아하고 2명은 나를 싫어한다. 미움받을 용기를 가지
고 나에게 맞는 인간관계를 맺어라. 인간관계도 나답게 하면 된다.

빛의 아이들

20년 전에 학생들을 가르칠 때와 지금을 비교해보면 단 하나 확실하게 변한 것이 있다. 그것은 아이들의 근본적 기질, DNA가 완전히 달라졌다는 것이다. 시대나 사회가 변화한 것도 있지만 그들은 우리와 완전하게 다른 새로운 인류로 태어났다. 그래서 기존의 교육 방법이나 교육관이 전혀 통하지 않는다는 것! 그래서 나는 공부를 다시 시작해야 했다.

이 새로운 인류는 다른 별에서 온 외계인인 것처럼 느껴질 때가 많다. 그들에게는 당연하게, 무조건이라는 단어가 없으며 설득과 조정이 필요하다. 가끔은 피곤하고 감당이 되지 않을 때가 많으나 이 아이들이 만들어갈 세상이 얼마나 기발할지 생각하다 보면 설레기도 하고 또 궁금하기도 하다.

상처가 많이 나 있어 조금은 까칠하고 한 대 때리고 싶게 얄미울 때도 있지만 눈물 많고 보드라운 순 같은 마음을 알게 되면 꼼짝없이 져줄 수밖에! 내가 학생들에게 항상 지는 이유다.

우리 인생에 있어 사랑하는 존재를 만난다는 것은 커다란 축복이다.

나의 꼬물이들... 나의 보물... 우리의 빛

이상한 수행평가

내가 매년 학생들을 대상으로 하는 수행평가가 하나 있다. 나름 고급스러운 수행평가를 해보겠다며 미국 명문 아이비리그 경영대학원에서 한다는 과제 '내 인생에 있어서 가장 중요한 것은 무엇인가?'를 주제로 수필을 쓰게 한다. 이 수행평가의 마지막은 '죽음이 일주일 남았을 때도 내가 선택한 가치를 추구할 것인가'에 대한 질문의 답을 함으로써 끝을 맺는다. 수행평가를 할 때마다 학생들은 깊은 생각에 빠지게 되고 나는 그 순간을 오랫동안 음미할 수 있도록 조용히 기다린다.

나의 인생 마지막 시간

나는 어떤 표정 어떤 마음으로 그 순간을 맞이하게 될 것인지 내 눈에는 어떤 사람과 어떤 풍경을 담게 될 것인지를 생각해본다. 인생의 진정한 의미는 죽음을 눈앞에 두고 있을 때 알게 된다고 하지. 당신의 인생 마지막 시간.

당신은 어떤 순간을 맞이하고 있나요?

꿈을 꾸는 눈

새로 부임한 학교에 정년퇴임을 앞두신 선생님께서 나를 보면 늘 하시는 말씀이 있다. 선생님은 꼭 아이같이 꿈을 꾸는 눈을 가지고 있다고. 물론 철이 안 든 것 같다고도 하셨지만.

내 눈은 늘 꿈을 꾼다. 동화책에 나오는 요정처럼 재미나고 엉뚱한 꿈을 꾸게 된다.

사람들이 모두 행복해지는 꿈
얄미운 상사를 두꺼비로 만드는 꿈
언젠가는 나의 고향별로 돌아가는 꿈
꿈꾸는 눈을 가진 그대

그대는 나와 같은 눈을 가졌고 이제 세상은 우리를 알게 될 거예요.

우리는 모두 꿈을 꾸었다

어느 수업 시간 학생들에게 이런 질문을 한 적이 있다.

"이 세상에서 제일 소중한 것은 자기 자신이지. 그런데 나다운 것이 뭘까?"

순간 모든 시간이 정지되고 아이들은 멍한 표정으로 한참을 생각하더니 고개를 젓는다.

"선생님 모르겠어요!"

우리는 그렇게 말을 하지 않은 채 서로를 바라보았다.

"잘 생각해봐. 4살 5살 때 꿈이 공무원이었어? 아니면 정규직?"

"아이언 맨이요." "공룡이요." "공주님이요."

"맞아. 그게 너 다운 거야. 사람은 꿈을 꾸는 눈을 가질 때 가장 나다워지는 거야."

　　사람들은 가끔 나를 몽상가라 부르기도 하고 철부지, 이상주의자라 걱정하며 혀를 차지만 나는 꿈꾸는 눈을 가진 내가 너무 좋다. 고독하지만 자유롭고 불안하며 따뜻한 내가 너무 좋다. 나답게 살아가고 있는 내가 너무 사랑스럽다. 우리는 모두 꿈을 꾸었다.

　　그대는 꿈을 버리고 잘살고 있는가?

소울 메이트

소울 메이트

요즘 나의 가장 큰 고민. 나의 소울 메이트는 어떤 사람일까? 이 번 생에 만날 수는 있을까? 남자일까? 아니면 여자?

만나면 불편함 없이 좋기만 한 사람

종일 이야기해도 또 이야기하고 싶은 사람

같이 있으면 살랑이는 바람처럼 설레고 간질간질한 기분이 드는 사람

나도 모르게 수줍어서 배시시 웃게 되는 사람

서로 멀리 떨어져 있어도 이어져 있음을 느낄 수 있는 사람

그리고 나와 같이 꿈꾸는 눈을 가진 사람

당신이 나의 소울 메이트에요.

딸부잣집

우리 집은 딸만 다섯인 딸부잣집이다. 그래 맞다. 그대가 생각하는 것! 아들 낳으려고 하다가 이렇게 됐다고 한다. 심지어 우리 집 막둥이는 태몽이 남자아이라 아버지가 좋아하셨는데 딸이었다. 엄마는 지금도 가끔 막둥이에게 '엄마, 아빠를 속이고 태어난 아이'라며 얄미워하신다.

글을 쓰는 요즘, 돌아가신 아버지 생각이 많이 난다. 내 안의 나와 대화를 많이 하다 보니 마음속 깊이 자리한 마주하고 싶지 않았던 사실이 계속 떠올라서일까? 지금은 말을 건넬 수 없는 이에게 하고 싶은 말

"아빠! 아빠 미안해. 아빠가 사고로 죽었다는 전화를 받았을 때나 사실 많이 안도했어. '이제 엄마 아빠의 불행에서 내가 해방되었구나'라고 생각했거든. 그런데 문득 이런 생각이 들더라고. 아빠는 왜 그렇게 술을 많이 마셨을까? 그리고 술만 마시면 왜 그렇게 울었을까? 아빠도 아빠 인생이 고달팠고 꿈도 있었겠지?

"아빠, 나중에 다시 태어나면 결혼은 아주 늦게 해. 그리고 하고 싶은 것 많이 하면서 자유롭게 살았으면 좋겠어. 그러다 나중에 내 손자로 태어나줘. 아들로 태어나면 많이 싸울 것 같으니 내가 많이 예뻐해 줄 수 있도록. 알았지?"

조금 오래전 나에게

나는 겨울을 싫어한다. 웃풍이 심한 단칸방에서의 어린 시절과 자취의 고단함, 홀로 방안에 웅크린 채 이불을 뒤집어쓰고 내 존재가 시간과 함께 사라져 주길 간절히 기도했다.

'아픈 만큼 성숙한다.'라는 말. 거짓말. '사람은 아픈 만큼 파괴된다.'

조금 오래전 내 소원은 딱 30살까지만 사는 것이었다. 그런데 이제 어느덧 40을 바라보는 나이에 서서 조금 오래전 나에게 말하고 싶다.

"미안해 내가 너무 오래 살았네? 약속을 못 지켰어. 살다 보니 또 살아졌나 봐. 근데 이왕 사는 것 우리 뭐든지 해보지 않을래? 무모한 글쓰기도 도전해보고 무서운 상사한테 친한 척 당돌하게 말도 해보자. 뭐 때리기야 하겠어? 이제 웃풍 심한 단칸방도 바퀴벌레도 없고 따뜻한 물도 잘 나오잖아. 우리 좀 더 살아보자. 내가 잘할게."

이상한 아이

어렸을 때의 기억은 별로 없지만 나는 좀 이상한 아이였고 가족들은 지금도 나를 신기하게 생각한다. 언니들이나 동생은 그래도 부모님의 기대나 사회적 기준에 어느 정도 맞추며 살지만 나는 그 테두리를 완전히 벗어나 있는 딸이기 때문이다.

조용하다가도 강렬하게 말하는 아이였고 혼자 있는 것을 무서워하지 않았다. 옷을 자꾸 벗고 다녀서 엄마가 걱정을 좀 하셨지만 대체로 보수적이고 눈이 맑고 웃음 많은 아이로 자라온 것 같다. 가끔 어른들이 너는 아직 철이 덜 들었다고 말하지만 그건 내가 선택한 거다.

주어진 삶을 흘러가는 대로 사는 사람들 사이에서 자신의 삶을 용기 있게 살아가는 사람은 그 빛을 숨기기 어려운 법이지.

이상한 사람들

내가 고등학교를 입학한 시기부터 우리나라에 청소년 왕따 문제가 심각해 사회문제로 대두되었고 왕따라는 용어도 그때 생겨났던 것으로 기억한다. 물론 이상한 아이였던 나도 왕따였다. 내가 우리 학교 1호 왕따로 누가 신고를 해서 교무실에 불려갔었던 기억은 아직도 내 마음에 남아있어 가끔 생각이 난다. 그런데 지금 생각해보면 한정된 공간에서 한정된 사람들과 매일 부딪치며 경쟁하는 미성숙한 존재들이 가득한 학교에서 학생들은 저마다 자신을 보호하고 표적이 되지 않기 위해서 공공의 적을 만들기도 하고 자신이 공공의 적이 되기도 했던 것 같다. 나는 17살부터 생계를 책임지고 살았고 사실 그런 이상한 사람들을 신경 쓸 만큼 제정신으로 살지 못했기에 사람들로부터 내가 생채기가 나 사람을 믿지 못하는 불구가 되었다는 것을 알지 못했다.

그래도 좋은 점은 있다. 극심한 사춘기를 겪고 어른이 된 나였기에 왕따를 조장하고 방조하는 학생들에게 두려움 없이 이야기할 수 있다는 것이다.

"너희 선배들과 어른들이 그렇게 살았다고 너희들도 꼭 그렇게 살 필요 없다. 잘못된 것을 잘못되었다 말하지 못하는 겁쟁이들처럼 살지 말고 옳은 것을 위해 용기 있게 나서라!"

왕따로 오해받는 이 세상 모든 별들에게

그대는 잘못되지 않았고 누구보다 빛나는 사람이다. 그리고 그대는 아름답다. 그러니 지지 말고 땅 위에 두 발로 꿋꿋하게 서라.

인생의 정답

주어진 삶을 흘러가는 대로 사는 사람들 사이에서 자신의 삶을 용기 있게 살아가는 사람은 그 빛을 숨기기 어려운 법이지.

그런 사람들은 왕따가 되기도 하고 사차원이라 놀림을 당하기도 한다. 다르게 생각하고 다르게 사는 것이 이상한 걸까?

나는 어렸을 때부터 늘 외로웠던 것 같다. 사람들이 갈구하는 것들이 별로 탐나지 않다 보니 도도하다는 소리도 많이 들었다. 결혼식장에 갈 때마다 자신을 빛내줄 명품가방, 명절마다 물어오는 친척들을 방어해 줄 정규직, 친구 모임 때마다 빠지지 않는 아파트 이야기. 예전에는 내가 이상한가 싶어서 따라 좋아하는 척도 해봤는데 이제는 세상이 소중하게 생각하는 것을 버리고 나로 살기로 했다.

상사를 신경 쓰지 않는 당당함, 약한 자를 위하는 부드러운 마음, 자신의 감정에 솔직한 태도.

가장 고귀하게 태어나 가장 비천하게 살다가는 인간의 삶이지만 가장 나답게 사는 것. 지금에서야 내가 알게 된 인생의 정답.

당신의 자유와 당신다운 삶을 내가 응원한다.

매력적인 사람

오늘 오랫동안 연락을 하지 않고 지냈던 아는 동생과 집에서 영화를 보았다. 영화를 보며 도란도란 이야기하던 중 동생이 뜬금없이 나에게 이런 말을 했다.

"언니 나는 친구들이 많이 없어. 내가 인생을 잘못 산 걸까?"

그때는 무슨 말을 해야 할지 몰라 등만 쓰다듬어 주었지만, 동생이 돌아간 후 나는 한동안 멍하니 생각에 빠졌다.

어느 고전에 보면 신은 인간을 완벽한 존재로 창조했다고 한다. 하지만 악마가 '매력'이라는 판도라 상자를 열어 타인에게 자신이 매력적인 존재가 되어야 한다는 생각을 심었고 그로 인해 인간은 불행해지기 시작했다고.

우리는 꼭 누군가에게 매력적인 사람이 되어야 하는 걸까? 가끔 학생들은 나에게 와서 저도 선생님처럼 인싸가 되고 싶다고 말한다. 학생들 눈에는 거리낌 없이 말하고 다른 사람들과 두루두루 친하게 지내는 내가 좋아 보였나 보다. 그런데 실제로 나는 가까이 지내는 친구가 그리 많지 않다. 가볍게 친해지기는 쉬워도 나의 생활 안에 들어와 간섭할 수 있는 자격을 쉽게 허락하는 편이 아니기 때문이다.

"친구가 별로 없어 나 자신이 문제가 있는 것은 아닌지 고민하고 있나요? 걱정하지 말아요. 그대는 이상한 것이 아니라 이상이 높고, 생각이 깊은 사람이랍니다. 많은 사람에게 당신의 깨달음을 나누어 주고 더 높은 차원으로 이끌어줄 자질을 가지고 태어났기 때문에 지금의 세상과 사람들이 익숙하지 않을 뿐! 나를 믿어봐요. 찡긋^^"

고귀한 사람

인간을 고귀하게 만드는 것은 무엇이며 짐승과 사람의 다른 점은 무엇인가?

모든 지식의 시작이 되는 물음

짐승도 먹고 성장하고 결혼하고 자식을 낳고 사랑을 한다. 그렇다면 사람을 고귀하게 하는 것은 무엇일까? 옛 경전들을 보면 신과 인간의 공통점을 알 수 있다. 그것은 바로 '창조'

'창조'하며 자신 존재에 대한 안정을 찾는다는 것. 우리는 신을 닮은 존재.

인간의 고귀함은 기존의 생각을 뛰어넘는 새로운 길을 나아갈 때 나타난다. 가장 고귀하게 태어나 가장 비천하게 살다가는 인생에서 당신도 그 의미를 찾게 되길 바란다.

이상한 것이 이상적이다

세계 보건 기구인 WHO에서는 건강의 정의를 이렇게 말한다. "육체적, 정신적, 사회적 및 영적 안녕이 역동적이며 완전한 상태" 그리고 인간의 특별함은 영적인 부분에서 온다고 한다. 만물의 영장, 우리의 다른 이름.

책 '사피엔스'에 따르면, 호모 사피엔스가 지구의 주인이 될 수 있었던 이유는 '뒷담화' 즉, 자신이 보지도 듣지도 못한 것을 상상하고 믿을 수 있는 능력때문이라고 한다. 그 능력으로 인해 인간은 집단을 만들고 협력하며 이상을 실현해 왔다. 기존의 세계가 이상하다고 생각했던 민주주의, 계몽주의, 인본주의.

꿈꾸는 몽상가들의 이상이 세계를 변화시켜왔던 것처럼 이제 우리는 새로운 이상을 꿈꿀 때가 온 것이 아닐까? 이상한 그들이 어쩌면 우리를 또 다른 세계로 안내하는 등불일 줄 모른다.

이상한 것이 이상적이다.

사피엔스

사람은 늙고 죽는다. 우리가 아는 당연한 사실. 그러나 그것이 정말 당연한 걸까? 언젠가 어느 생물학자가 과학 잡지에 실은 논문을 읽은 적이 있다. 인간은 손톱, 머리카락, 피부가 일정한 주기로 재생이 되는 시스템으로 되어 있어 원래는 영원히 살 수 있게 만들어졌지만 누군가가 수명을 120년으로 프로그래밍해놓은 것처럼 죽음을 맞이한다는 내용이었다.

사람이 늙고 죽는 것은 당연한 걸까?

현재 1조 원이 넘게 아마존에서 투자하고 있는 사업이 노화를 병으로 규정하고 정복하는 것이라고 한다. 아마존의 알토스 랩스 연구소, 구글의 칼리코 연구소. '노화의 종말'이라는 책을 보면 노화는 정상적인 작용이 아니라 질병이고 치료할 수 있다고 한다.

우리가 당연하다고 생각했던 사실들이 달라지고 있다. 그런데 나는 이 이야기를 듣고 놀랍기도 하지만 다른 한편으로는 '사피엔스'의 저자로 유명한 유발 하라리가 인터뷰에서 했던 말이 생각났다.

"인간의 기술발전은 신의 영역에 와 있다. 하지만 자신의 존재
이유도 알지 못하는 사피엔스가 신이 된다면 그 미래는 어떻게 될
것인가?"

밤

밤은 신비로움으로 가득 찬 시간

인간이면 누구나 꾸는 '꿈'

죽음과 비슷한 '잠'

밤에만 볼 수 있는 반짝이는 '별'

어떻게 이 밤을 사랑하지 않을 수 있을까?

밤은 신비로움을 간직하고 나는 그 밤을 여행하는 여행자.

한낱 꿈에 불과하다는 밤 같은 인생을 매일 살아가고 있다. 나는 언제쯤 존재의 의미를 이해할 수 있을까? 밝은 낮에는 절대 생각할 수 없는 심연의 세계로 오늘도 나는 여행을 떠난다.

그대는 누구인가? 그대는 어느 별에서 왔는가?

비움의 미학

15평 나의 보금자리, 내 집은 아무것도 없기로 유명하다. 복잡한 것을 싫어하고 청소하는 것을 귀찮아하지만 더러운 것을 참지 못하기에, 내 방은 있는 것보다 없는 것이 더 많다. 침대도 TV도 심지어 1인 가구의 필수품인 전자레인지도 없다. 하지만 내방에는 그래서 더 많은 것들을 들일 수 있다.

하얀 커튼을 살랑이게 하는 바람

하얀 테이블 아래로 드리워진 그림자

창문으로 비집고 들어오는 봄 향기

복잡하고 어지러운 삶에서는 음미할 수 없는 것들

비웠기에 비로소 채워지는 그 모든 것들을 나는 사랑한다.

그대의 영혼은
밤의 별처럼 반짝반짝 빛날 거에요

어떤 말을 해야 할까요? 나는 당신을 모르고 당신은 나를 모르지만 나는 당신을 사랑합니다. 이 세상에서 가장 보동보동한 말로 당신을 안아주고 싶어요. 그대를 보는 것이 나의 기쁨이랍니다.

때로는 지치고 잠을 이루지 못하는 밤이 많은 그대. 알 수 없는 한숨이 나오고 멍하니 생각에 빠지기도 하고 가슴 한쪽에 무거운 돌을 묶고 물 아래로 가라앉는 것 같을 때 내가 옆에 있다는 것을 잊지 말아요.

꿈에 찾아가서라도 그대에게 꼭 해주고 싶은 말

'그대의 영혼은 밤의 별처럼 반짝반짝 빛날 거에요.'

우리 바다 보러 가요

그거 아세요? 파도가 치면서 나는 소리가 사람의 마음을 편안하게 하는 효과가 있다는 사실! 파도가 치면 초음파가 발생하고 그 소리가 뇌의 알파를 자극해서 심신의 안정을 가져온다나 뭐라나. 그래서 노래 속 섬마을 아이가 파도 소리에 스르륵 잠이 들었나 봅니다.

마음이 복잡하고 답답할 때 우리 같이 바다 보러 가요. 나는 당신을 모르고 당신도 나를 모르지만, 우리 같이 바다 보러 가요.

그리고 우리 친구 해요. 내가 옆에 있어 줄게요.

기억상실

옛말에 사람이 죽으면 저승사자가 주는 술을 마시고 다시 태어난다고 한다. 술 취한 사람이 술이 깨고 모든 것을 기억하지 못하는 것처럼 우리는 기억상실에 걸려 태어난다. 그래서일까? 사람만이 '나는 누구인가?'의 질문에 고민하고 고통받는다.

"왜 신은 인간의 기억을 계속 지우고 다시 태어나게 하는 걸까?"

가끔은 신하고 한번 싸워볼까 고민하게 된다. 하지만 이내 질 것만 같아 타협이라는 것을 내 나름대로 해본다.

"내가 이번 생은 그냥 사는데요. 다음 생은 부탁 좀 합시다~"

기회비용

TV보다가 잇몸 마르겠다. 남이 하는 사랑이 뭐가 그리 좋다고! 한동안 멍하니 생각하다 책상 위에 아무렇게 널브러 놓은 책에 까맣게 칠해진 글자가 눈에 띈다.

기회비용

내가 선택하며 포기한 것의 가치

나의 선택에 대한 가치는 얻은 것이 아닌 포기한 것으로 알 수 있다. 사람은 안정감 또는 만족감을 느끼기 위해서 연애를 하고 결혼을 한다고 한다.

하지만 사랑의 본질은 희생

나는 너를 위해 무엇을 포기했을까?

나는 너를 정말 사랑했을까?

봄

봄이 되면 감추었던 복숭아뼈를 드러낼 수 있어 좋아! 내 발에 닿는 따뜻한 햇볕과 바람 살결, 햇살에 살짝 익은 풀냄새, 양말을 벗고 가벼운 스니커즈를 신고 길을 걷는 동안 열 번은 말하게 되는 한 마디

"그래 행복이 뭐 별건가? 오늘 참 행복하다."

봄을 기다리며 화분에 심은 튤립이 싹이 나고 꽃대를 내는 모습을 보는 것도, 봄 기분 내보겠다고 사놓은 샤랄라 블라우스도. 그래, 내가 살고 싶었던 삶은 이런 거였어.

봄처럼 자유롭고 소박하고 따뜻한 그런 삶

나의 마음도 복숭아뼈처럼 수줍고 따스하게 드러나기를 오늘도 바라본다.

자기소개

학생들을 너무 좋아해 늘 애정을 표현하지만, 몰라준다고 자주 삐지는 선생님

'말도 안 듣는 꼬물이들'이라고 투덜대지만 '선생님'이라고 부르는 소리에 다 용서되는 바보

엉뚱한 생각을 많이 해서 학생들의 걱정과 챙김을 받고 있다. 올해 버킷리스트로 책 한 권을 내겠다는 아이들과의 약속을 지키기 위해 '내가 이것을 왜 한다고 했을까?'를 100번 외치면서 새벽까지 글을 썼다. 원고 독촉 문자에 두려움을 느끼는 쫄보지만 끝까지 글을 쓸 수 있게 도와주신 모든 분께 감사드린다.

마지막으로 이 글을 나의 유일한 낙인 꼬물이 학생들에게 바친다.

◆　가 람

——————————

싫어하는 일은 죽어도 못 하고
좋아하는 일은 기어코 하는 사람.
아무 생각 없이 시간을 보내는 것과
생각만 하면서 시간을 보내는 것을 좋아
한다.
이제는 그 생각을 책에 담아보려 한다.

너의 말을 여러 방향에서 믿을 뿐이야

고등학교 심리 검사 때 신뢰도가 0점이라는 충격적인 결과를 받았다. 이때 신뢰도란 상대방에 대한 믿음이 얼마나 있는지 즉, 상대방을 얼마나 신뢰할 수 있는지에 대한 측정값이다. 사실, 여기서 말하는 충격은 담임 선생님의 충격이었다. 솔직히 나는 별생각이 없었다. 학교생활도, 교우 관계도 무난했던 내가 신뢰도 0점을 받자, 선생님은 검사가 잘못된 건 아닐까 의심하셨다. 하지만 그렇다고 생각하기에는 다른 영역의 점수가 꽤 그럴듯했다. 전교까지는 모르겠지만, 반에서 0점은 내가 유일했으니 제법 놀랄 일이긴 했다.

담임 선생님은 나를 따로 불러내어 혹시 사람들을 못 믿겠냐고 넌지시 물었다. 난 오히려 사람을 너무 이해할 수 있어서 괴롭고, 매번 믿어버려서 외로운 쪽이었지만, 선생님 말에 명쾌한 대답을 할 수는 없었다. 다행히 선생님의 걱정도 금세 지나갔다. 앞서 말했듯 내 학교생활과 교우 관계가 무난했기 때문이었다.

나는 상대방의 말을 전부 믿는다. 동시에, 상대방의 말이 사실이 아닐 수도 있다는 사실도 늘 믿는다. 그뿐이다. 특별히 불편함은 없었다. 그렇지만 0점을 받은 기념으로 신뢰도 점수의 원인을 찾아보자면, 시작은 중학생이 되어서였다.

안경을 쓰기 시작한 때였다. 바라보는 세상에 테두리가 생기던 때이다. 얼굴은 조금 가릴 수 있어 편했지만, 테두리 안에서 세상을 바라봐야 했다. 갑자기 생긴 테두리가 어색해질 때였다.

중학교 1학년 때, 학원에 친한 친구가 생겼다. 학원에서 만난 친구는 학교 친구와는 다른 매력이 있다. 매일 마주치지만, 오랜 시간을 함께하지는 않는다. 원하면 얼마든 가까워질 수 있고, 원하면 언제든 다신 안 볼 사이가 될 수도 있다. 그래서인지 학원 친구와 더 많은 비밀 이야기를 공유하기도 했다. 그날은 친구가 나에게 비밀을 털어놓던 날이었다.

'나, 사실 숟가락으로 밤을 떠먹는 걸 보면, 귀이개로 귀지를 파내는 것처럼 보여서 밤을 못 먹겠어.'

그 말을 듣는 순간 사고가 멈춘 듯했다. 나도 똑같은 생각을 했는데, 이렇게 똑같은 생각을 하는 사람이 바로 눈앞에 있다는 사실이 믿기지 않았다. 하지만 그 아이의 말에 놀라는 척했다. 마치 태어나 단 한 번도 그런 생각을 해본 적 없다는 듯, 그 아이를 신기하게 보는 척했다. 아닌 척하는 것은 순간이었다.

사람들은 저마다 자신만 아는 특이하고 특별한 점을 하나씩은 쥐고 있다. 그런 부분은 사람을 저 혼자서 피곤하게 만들기도 하고, 홀로 재밌어지게 만들기도 한다. 이런 부분은 지문만큼이나 그 사람만의 고유한 어떤 것이어서, 섣불리 타인과 공감해서는 안 될 영역이다. 당시 나는 그렇게 판단했고, 다른 사람도 나처럼 행동해주길 원했다.

나의 특이점을 하나 말해보자면, 나는 꽤나 논리적인 상상에 자주 빠져든다.

초등학교 저학년 때 나의 논제는 일기장 검사였다. 초등학교 시절 가장 이해가 안 되는 일이 바로 일기장 검사였다. 늘 일기장 검사에 강한 불만을 가지고 있던 차에 거대한 사실을 발견했다. 선생님들은 매번 일기장을 검사했고, 그 결과 학교 앞 문구점에는 자물쇠가 달린 일기장이 잘 팔려나간다는 사실이다. 친구들 사이에서는 교환 일기, 비밀 일기가 유행하기도 했다. 덕을 보는 쪽은 당연히 학교 앞 문구점 사장님이었다. 학교와 문구점 사장님과는 대체 무슨 관계인 것인가. 학년별로, 심지어 모든 반이 전부 일기 검사를 시행한다고 볼 때, 이는 굉장한 규모였다. 이런 곳에서 나는 무엇을 해야 하는가.

초등학교 고학년 때는 즐거운 축제에서도 논제를 발견했다. 운동회 준비가 한창이던 때였다. 한 달 정도 운동회 안무 곡인 〈오리 날다〉라는 노래를 들었다. 처음에는 노래의 리듬에 홀려 별생각 없이 신나는 노래라고 느꼈다. 하지만 가사를 들을수록 무서워졌다. '오리 날다'라니, '달이 되고 싶다'라니. 이건 아무리 해석해도 자살에 대한 내용이다. 이런 노래를 운동회 날 주제곡으로 정했다. 이 학교에서 무슨 일이 벌어지면 어쩌나.

이런 생각에, 혹시 모를 상황을 대비해 창문으로 뛰어내리는 연습을 했다. 그러다가 발이 골절되기도 했다.

크고 작은 이런 생각을 하며 살던 내가 그 아이를 만났다. 나도 어쩔 땐 친구에게 내 생각을 들려주고 싶기도 했다. 나와 같은 생각을 하는 사람은 없을 거라고 생각해서 아무에게도 말하지 않았으나, 누군가에게 말하고 싶은 적도 있었기 때문이었다. 그때 내가 그 아이 앞에서 솔직하게 이야기했다면, 나의 이런 생각까지도 그 아이에게 전부 털어놓을 수 있었을까. 우린 서로 더 많은 것을 공유할 수 있었을까? 그건 알 수 없다.

하지만 그날 배웠다. 1. 나와 같은 생각을 가진 사람이 존재한다는 사실과 2. 나와 다른 생각을 하는 것처럼 보이는 사람도, 알고 보면 나와 같은 생각을 할 수도 있다는 사실이다. 요약하자면 나는 상대방의 말을 여러 방향에서 믿게 된 것이다.

마지막으로 고백을 더 하자면, 내 글도 그렇다. 나에게 없었던 일은 없고, 있었던 일도 없는 나의 이야기들을 솔직하게 적어냈다.

처음을 잃어버린 시작

'처음으로 좋아하게 된 곡'을 어디에서도 말할 수 없게 되었다. 분명 그런 곡은 존재하지만 그걸 도무지 기억해 낼 수 없기 때문이다.

5살 때였다. 태어나 처음으로 좋아하는 노래가 생겼다. 유치원에서 자주 부르던 그 노래가 너무 좋아서, 유치원에 빨리 가고 싶을 정도였다. 하지만 좋아하는 노래를 아무에게도 말하지 않았다. 그 맘이 소중하다고 여겨서인지, 아니면 누군가에게 좋아하는 것을 말해야 한다는 생각을 못해서인지는 모르겠다. 문제는 그다음이었다.

애석하게도 나의 기억은 그 노래를 잊어버린 순간에서 시작된다. 엄마와 길을 걷다, 갑자기 노래를 잊었다. 아무리 생각해도 떠오르지 않았다. 뒤늦게 엄마에게 혹시 내가 좋아하는 노래를 아냐고 물었지만 소용없었다. 말한 적이 없으니 알 턱이 없었다. 어렸지만 나름 침착하게 스스로를 다독였다. 자주 불렀던 노래니까, 분명 내일도 유치원에서 그 노래를 부를 것이라고. 노래를 들으면 분명 기억이 날 것이라고.

아니었다. 어떤 노래를 들어도 별 느낌이 없었다. 좋아하던 감정은 분명히 기억했지만, 그 노래는 찾을 수 없었다. 노래 찾기를 포기할 때, 유치원 선생님이 불러주시는 노래를 외우기 시작했다. '저 노래가 내가 좋아하던 노래일 거야'라고 다짐 같은 걸 하고 말이다. 정말 열심히 외웠던 것 같다. 아직도 '싹트미'라는 노래 제목이 떠오를 정도면 말이다.

20년이 넘게 지난 지금까지도 처음 좋아했던 노래를 떠올리지는 못한다. 그렇다고 '싹트미'라는 노래를 좋아하게 된 것도 아니었다. 좋아하는 그 마음을 이미 알아버려서 다른 것에 눈길을 줄 수가 없었다. 무슨 오기인지 그 '기억상실'사건 이후로 '싹트미'라는 곡을 여태껏 찾아보지도 않았다. 그러다 얼마 전 갑자기 떠올라서 검색해 봤다. 놀라운 건 그 노래의 제목이 '싹트미'가 아니라 '싹트네'라는 사실이다. '싹트네'에 '네'를 '미'라고 본 것인지, '미'라고 들은 것인지는 알 수 없다. 다만 주문을 걸 듯 외운 노래의 제목마저도 틀리게 외운 것은 분명했다. 5살답게 외운 건지도, 5살치곤 열심히 외워서 그런 건지도 모르겠다.

대체한다는 건 그런 것이다. 어릴 때 사건이 시작이었는지 원래 그런 사람인지는 정확히 알 수 없으나, '그렇다고 치자'는 건 못한다. 아직도 싫어하는 일은 죽어도 못 하고, 대충 좋아하는 것에는 눈길이 잘 안 간다. 정확히 좋아하는 것을 찾아내려고 내내 서성인 다. 그러다 좋아하는 게 생기면 쉽게 떠나보내지 못한다. 요즘은 좋아하는 게 생기면, 그게 무엇이든 일단 기록해둔다. 나에게만이 라도 솔직하고 정확하게 털어놓을 수 있도록.

긍정의 긍정보단 부정의 부정

'아니'라는 말을 잘한다. 거절을 잘한다는 뜻은 아니다. 부정이
편하다는 뜻이다.

'알고 있니?'라는 질문보다 부정문이 더 편하다. '알고 있냐?' 등
의 긍정문은 왠지 확신을 가지고 답해야만 할 것 같아 조금은 무
겁게 '아니'라고 답한다. 반면 '모르지?' 등의 질문은 어쩐지 가볍게
'아니'라고 답한다. 나의 대답은 모두 부정이다. 그러나 부정문은
내게 편한 긍정의 의미를 유도한다.

긍정문을 사용하면 어쩐지 더 큰 책임을 져야 할 것만 같은 마음
에, 기운이 더 많이 쓰인다. 함부로 긍정할 수 없는 날엔 더욱 그렇
다. 그래서 도무지 긍정적인 생각이 들지 않는 날에는 부정문으로
하루를 가득 채운다. '못하지는 않아', '못나지는 않아', '가능성이
없지는 않아', '안될 건 없어'등의 문장 말이다.

다행히 변수도 불확실성도 많은 세상에 살고 있어서, 일단 어떤
문제에 '아니'라고 답하면 대부분은 정답이 된다. 그렇기에 '못한

다', '안될 거다', '자신 없다'라는 말이 나도 모르게 튀어나오는 날에도 '아니'라고 답하면 대부분은 정답이다. 그렇게 조금씩 용기를 낸다.

우린 물속과 어울리지 않아

'난 물속이 더 어울릴지도 몰라.'

내가 바다 생물이 아닐까 하는 의심이 드는 날이 있다.

오래 걸은 것도, 힘든 일을 한 것도 아닌, 그저 평범한 하루. 아직 하루의 끝은 오지도 않았는데 발걸음이 무거운 날이다. 지금의 걸음이 물속을 걸을 때보다 무겁고, 지금의 숨이 물속에서 쉴 때보다 답답할 때면 떠오르는 생각이다.

이런 생각이 드는 날에는 괜히 손바닥을 펼쳐 보게 된다. 정말 손가락 사이에 물갈퀴라도 있는 건 아닐까 하는 생각이 들어서이다. 힘껏 펼칠수록 손은 점점 하얘지고, 손금은 선명해졌다. 손금 사이로 비치는 붉은 피가 보였다.

'어쩌면 손금은 절취선이 아닐까?'

절취선이 아니고서야 굳이 피가 비치는, 그런 많은 선들이 존

재할 이유가 없어 보였다. 궁금한 마음에 손가락 끝에 더욱 힘을
줬다.

손금 사이로 피가 툭 하고 터져버린다. 터지기 시작한 피가 분
수처럼 쏟아지더니 결국 내 공간을 가득 채우고야 만다. 피에 잠긴
나는 깊은 바다로 빠진다. 내 몸을 덮던 붉은 피는 점점 푸른 바다
로, 검은 심해로 변한다.

바닷속에서 나의 시간이 떠올랐다.

이런 상상 중에도 기어이 나의 현재는 머릿속에서 사라지지 않
았다. 앞서 말했듯 아직 하루는 끝나지 않았고, 남은 일을 다 해내
야 했고, 내일의 일을 준비해야 했다. 그렇기에 마음은 몰라도 몸
은 잘 챙겨야 했다. 너무 혼자만의 생각에 빠져 멍해 보이지 말아
야 했고, 주위 소리를 못 들을 정도로 생각에 깊게 빠져서도 안 됐
다. 찰나의 상상도 주위의 눈치를 봐야 했다.

관련 없는 여러 생각이 머릿속을 떠다니던 도중 아무 상관없는
웃긴 일도 떠올랐다.

풉, 튀어나온 웃음에 늘어져 있던 몸에 순간 힘이 들어갔다. 인

식할 틈도 없이 자연스러운 숨이 뱉어졌다. 그제야 지금 서 있는 이곳이 나와 어울린다는 생각에 맘이 편해졌다. 그리곤 깨달았다. 별것 아닌 걸로도 살아지는 걸 보면, 삶이 어울리는 사람이었다고.

그날 이후로 습관이 생겼다. 숨이 갑갑할 땐 웃긴 일을 생각한다. 당연한 일이 버거워서 나라는 존재까지 의심하게 될 때를 대비해 웃긴 일을 기억해둔다.

이런 나여서, 이젠 네가 잘 보인다. 그 옛날의 내 표정을 가진 너여서. 바다에 빠진 것도 아닌데 허우적대느라 지쳐있고, 한숨으로 가득 차서 숨 쉬는 것조차 지겨운 일이라는 생각을 하는 너.

너의 숨이 버거운 것이 아닌 자연스러운 것이라는 사실을 알려주고 싶은 날이면, 맥락도 없이 웃긴 이야기를 한다. 기어코 한 번은 너를 웃게 만든다.

우린 애쓰고 있어

꼭 그렇잖아. 밤을 새워서 피곤한 날, 혹시 입안이 헐면 어쩌지하는 걱정이 드는 날. '헛바늘이라도 나면 며칠은 고생할 텐데'라는 생각을 하는 날이 있잖아. 그런 날이면 꼭 밥을 먹다가 혀를 깨물어 버려서 기어코 걱정하던 상처가 생기잖아.

온몸에 보이지 않는 멍이 든 듯 욱신거리고 아플 때면, 꼭 휘청거리다 넘어져서 기어코 멍이 들고 마는 거. 이상하게 꼭 그런 날이 있잖아.

오늘이 그런 날이었어. 실수로 어딘가에 부딪쳐서 넘어졌는데, 악 소리도 안 나오게 아프더라. 정말 깜짝 놀랐어. 이렇게 강한 힘으로 걷고 있었나, 의문이 들 정도로 아팠거든. 설렁설렁 걷는다고 생각했는데. 마음만 급하고 몸은 안 따라 준다고, 왜 이렇게 느린거냐고, 몸은 왜 이렇게 처지냐고 다그쳤는데 말이야.

힘 하나 없이 축 늘어진 하루에도, 그 몸짓에도, 저 짧은 길을 가면서도 나는 꽤 큰 힘이 필요했었나 봐. 모든 걸음에는 그 정도의 힘은 필요한 건가 봐. 그러니까 우린 출발선만 맴돌던 이 몸짓에도, 꽤나 큰 힘을 쓰며 살고 있단 거지.

며칠 전 대화가 떠오르더라. 우리 지금도 괜찮다고, 조금 머물러 있는 지금을 이대로 즐겨 보자고 이야기했잖아. 솔직히 그때, 내가 하는 말에 자신이 없었어. 이미 지쳐 버린 날 응원할 수가 없어서, 너에게도 형식적인 위로를 했던 것 같아.

그런데 오늘은 확신을 가지고 너에게 이 말을 건넬 수 있어. 휘청거리는 중에도 우리의 움직임에는 꽤 큰 힘이 들어간다는 것. 휘청거리고 맴도느라 우린 애쓰고 있어.

오렌지 주스까지도

오렌지가 10% 들어간 음료도

당당하게 오렌지 주스라고 불리는데,

우리가 이렇게 주눅들 이유는 없잖아.

10%의 재능 정도는 있잖아.

당신의 시간을 헤아려 봅니다

자는 시간이 남들보다 적은 당신은, 그래서 오래 깨어있는 당신은, 어쩌면 누구보다 많이 산 것일지도 모르겠다. 겨우 잠든 꿈에서마저도 내내 무언가를 하려고 애쓰는 그 마음 때문에, 그 시간 때문에 갑자기 주름이 생겼던 걸까?

문득 당신의 나이가 궁금해진다. 다른 사람들보다 잠을 통 못 이루는 당신의 시간을, 남들처럼 계산해도 되는 걸까 하는 생각이 든다. 그러다 나 때문에 밤을 새우던 수많은 날 중 하루가 떠오른다.

당신은 매번 나의 어제를 보고, 내일을 상상하느라 오늘을 흘려보낸다. 내가 아프기라도 하면 더욱 그랬다. 나의 어제에 당신의 실수가 있었나, 자책하기 바빴다. 나의 내일을 미리 걱정하느라 누구보다 앞서서 마음 아파했다. 아마도 내 모습에서 당신의 어느 옛날이 떠올랐기 때문이겠지. 당신의 아픔을 알았기에 나의 슬픔을 미리 걱정하던 것이겠지.

힘들 때, '엄마'라는 말이 나오는 건, 내 힘듦이 당신 때문이라서

가 아니다. 내가 가는 길이 험한 건, 굳이 그 길을 가려는 내 앞발 때문이다. 내가 당신을 찾는 이유는, 기어이 출발하는 앞발을 지탱해 주는 뒷발이, 앞으로 나아가게 힘을 실어 주는 그 뒷발이 바로 당신이기 때문이다.

모퉁이를 맴도는 너에게

그날은 아침부터 종일 수업 준비를 하다가 학원에 도착했다. 원래 맡고 있던 고등학생과 더불어, 갑자기 중학생 수업까지 맡아야 하던 날이었다. 가르칠 수학 개념을 급히 훑어보고 문제를 점검하고 수업에 들어갔다. 난 너에게 자주 출제되는 유형부터 일러 주었다.

출발 지점에서 도착 지점까지 가는 경우의 수는 몇 가지인가를 묻는 문제였다. 미로 같은 길이었고, 최단 거리, 가장 짧은 길, 그리고 도착하는 경우의 수가 그런 유형에서 주로 출제되었다.

내가 설명하는 와중에도 너는 멍하니 허공을 바라보고 있었다. 그때 너의 멍한 얼굴 때문이었을까, 그래서 우리 사이에 잠깐의 정적이 흘렀기 때문이었을까. 아니면 그 정적 동안 너의 책에 적힌 이름을 봐서, 그 이름이 익숙해서, 언젠가 회식 자리에서 들었던 이름이어서 그랬을까.

하던 설명을 취소하고, 문제 풀이를 뒤로하고, 너에게 말하고 싶었다. 도착하는 방법을 묻는 문제에서 정답은 없다고.

출발선에서 처음 마주한 모퉁이를 한 바퀴만 돌고 가든, 두 바퀴를 돌든, 여러 바퀴를 돌든 말이다. 그러니 괜찮다. 오늘은 나아가지 못해도. 나의 어제를, 벗어날 수 없는 과거를 한 번, 두 번, 여러 번 되새기더라도. 도착할 수 있다면, 그것도 도착하는 방법이다.

오늘도 하루 종일 오래전 그날을 떠올리며 시간을 보냈다. 그러다 생각했다. 오늘로만 이루어진 하루를 살아가는 사람들은 어떤 모습일까. 난 아직도 기억하고 생각할 것이 많은 과거에 머물러 있는데. 그것을 전부 떠올리려면, 오늘 하루도 부족해서 내일까지도, 그보다 먼 미래까지도 써버려야 할 것 같은데.

있었던 일이 없었더라면, 없었던 일이 있었더라면, 그때의 내가 조금 더 나은 모습이었다면. 끝나지 않는 가정 속에서 같은 과거를 매일 다른 사건으로 마주한다.

너는 분명 지금의 모퉁이를 지나서 나아가겠지. 하지만 내 나이가 되어, 나처럼 또 다른 모퉁이를 돌게 될지도 모르겠다. 그럴 때면 누군가를 붙잡고 묻고 싶어 할지도 모르겠다. 정말 다른 사람들

은 오늘 있었던 일에만, 오늘 만난 하루만 살아갈 수 있는지. 그 시
간에서만 존재할 수 있는지. 나도 모르게 뛰어드는 생각을 무시하
고 지금에 집중한 채 살아낼 수가 있는 건지.

　나는 다행히 너의 타인이라서, 다른 사람들도 너와 비슷하다고
이야기해 줄 수 있겠다. 지금 너의 모퉁이를 벗어나려면 아마 몇
바퀴는 더 돌아야 하겠지. 헤매느라 몇 번을, 벗어나지 못해서 몇
번을, 벗어나기 위해서 몇 번을 말이다.

　너에게 바란다. 너의 무기력에, 좌절에, 힘듦에, 외로움에, 우울
에 금방 싫증이 나서 나아가기를. 지금 맴도는 그곳을 벗어나 무사
히 너의 길을 가기를, 잘 도착하길 바란다.

봄을 사랑하는 마음으로

봄이 화사한 이유는, 봄이 사람들의 사랑을 받아서가 아닐까, 봄을 향한 사람들의 따뜻한 마음 덕분이 아닐까?

어른들의 말을 이해할 수 없다고 했지. 그래서 나의 말도 위로가 아닌 부담이라고 했지. 지금이 가장 좋을 때일 리 없다고, 지금이 인생의 봄이라면 다가올 계절은 맞고 싶지 않다고 이야기했었지. 그래, 원래 너의 그 계절은 서럽단다. 어리광을 부리기엔 바쁘게 흘러가는 시간에 정신이 없지. 새로운 것은 낯설고 두려워. 그래서 우린 봄을 응원한단다.

봄은 겨울 다음이다. 외롭고 춥고 말라 버려서 많은 것이 죽어 버린 그다음이지. 그 자리에 다른 것들이 다시 피어나겠지. 작년과는 다른 것들. 우린 다시라고 부르지만 다시가 아닌 새로운 것들이 말이다. 같아 보이지만 낯선 것들이. 마치 우리의 하루하루처럼 말이다.

봄은 그런 것이다. 아프고 슬프고, 텅 빈 자리에 이제 무엇인가를 시작하려는 때. 시작하려다 꺾이는 꽃봉오리도, 풀도 많은 때. 아직은 겨울이구나 싶은 온도를 견뎌야 할 때. 날이 풀릴 거라고 기대하다가 만난 차가운 바람에, 어쩌면 겨울보다 더한 추위를 마주하는 때. 푸른 여름을 위해 잎이 돋아나기 시작하고, 풍성한 가을을 위해 꽃이 열심히 피어나야 할 때.

그런 때를 사람들은 설레기 시작하는 계절, 가장 행복하고 낭만적인 계절이라고 부른다. 사람들이 이런 계절을 사랑할 수밖에 없는 건 당연한 게 아닐까.

이미 모든 계절을 다 살아 본 겨울의 세상에 꽃이 피어나서 봄을 만들잖니. 그런 봄이 어떻게 아프지 않을 수 있겠어. 어떻게 사랑스럽지 않을 수 있겠어. 그냥 살아내기만 해도, 그렇게 아름다운 게 봄인데.

다른 어른들처럼, 너에게 말하고 싶다. 여전히 힘들더라도, 지금이 아름다운 때라고 하는 말이 인사치레처럼 들리더라도. 예상치 못하게 어제보다 가혹한 현실을 마주하더라도, 어제보다 슬픈 내일이 오더라도 너는 지금이 봄이다. 그래서 너의 지금이 봄이다. 그걸 알아주었으면 한다.

가장 아프고 힘들어서 가장 바쁘고 슬픈 계절이지만, 사람들은 찰나의 아름다움을, 그 잠깐의 화려함도 놓치지 않고 기억해 준다. 수 세기를 거쳐 전 세계 사람들이 무던히도 애썼다. 봄을 아름답게 하느라 말이다. 순간이 예뻐서, 눈부셔서, 마치 그 순간이 봄의 전부인 것처럼 느껴지도록 그 순간을 끊임없이 상기시킨다. 그래서 우린 이 순간을 위해 봄이 아파 왔다는 걸 깨닫게 된다. 그렇기에 이제는 봄이라는 단어만 봐도 화사한 색이 연상되는 것이다.

그러니 너를 향한 어른들의 한마디 한마디가 봄을 위한 노력과 같은 것이라고 생각해 주길. 그 말에 부담은 덜고 네가 정말 봄이라는 것을 알아주길, 그 마음을 받아 주길 바란다.

우리라는 우리

세상을 바라보는 관점은 나의 시각과 타인의 시각, 그 두 가지로 나뉜다. 나와 너로만 이루어진 세상에서 우리라는 말이 조금 가혹하게 들릴 때가 있다. 어불성설이 아닐까. 나와 너를 우리라고 묶어둘 수 있을까, 그래도 될까?

그렇지 않아도 지구는 둥근데. 너와 내가 뭉쳐져서 둥근 지구가 더 둥글어지면 어쩌지. 둥근 지구에서 뭉쳐져 버린 우리가 데굴데굴 굴러가 버리면 어쩌지. 그렇게 구르다가 내가 네게 다 섞여 버릴까 봐 겁이 났다. 휩쓸려 굴러가다가 만난 것들에 본래 모습은 사라지고, 다른 것들이 나를 이루게 될까 봐 겁이 났다.

다만 선인장이라도 닮고 싶었어

우연히 옛일이 떠올랐어. 그래서 너에게 말해 줘야지 하고 메모를 하려다가 생각났어. 이제는 너와 만날 수 없다는 사실을 말이야.

그러고 보니 언젠가부터 너에게 할 말을 준비해서 만났던 것 같아. 너와의 대화에선 갑자기 떠오른 말이 별로 없었어. 그런 말은 쓸데없다고 생각했었나 봐.

그래서였나 봐. 너와 만나서 이야기하는 시간보다 이야기를 준비하는 시간이, 이야기 후에 생각하는 시간이 많아졌어. 처음 시작은, 너에겐 그저 예쁜 마음만 보이고 싶은 욕심이었어. 그래서 하려던 말을 거르기 시작했나 봐.

이건 너와 상관없는 말이어서, 이건 너의 관심사는 아니어서, 이건 너무 나만의 불평 같아서, 이걸 말하기엔 내가 너무 속 좁은 사람처럼 보일까 봐. 그렇게 거르고 거르다가 우린 토막만을 주고받게 됐던 거야.

난 너에게 선인장 같은 사람이고 싶었어. 선인장은 참 기특한 식물이잖아. 잠시 잊고 있어도 알아서 잘 살아가고 있으니까. 그런 존재가 있다는 건 감사한 일이라고 생각했거든.

솔직히 말하자면 너에게 나를 들킬까 겁나서, 너에게 보일 내 모습을 준비했던 거야. 너에게 힘들다고 말하면 내가 더 힘들어질 것 같았거든. 네 앞에서는 별일 없는 척, 행복한 척할 수 있을 것 같았어. 그런데 너에게 내 우울을 말하고 나면 난 너의 눈치까지 보게 되잖아. 나를 위하는 너의 마음까지 신경이 쓰이잖아.

나는 알아서 잘 살고 있는 선인장은 아니었어. 가까이 다가갈수록 가시 때문에 최소한의 거리가 생기고야 마는 선인장이었지. 애써 당당한 척, 담담한 척 몸짐을 펴 봐도 오히려 내 가시만 너에게 가까워지는 그런 선인장. 다가오려다 상처도 입었겠지.

그냥 우연히 옛일이 떠올랐어. 하려던 말은 전부 잊고 갑자기 떠오른 이야기로 몇 시간을 깔깔거리다가, 결국 해야 했던 말은 뒤늦게 전화로 주고받던 날 말이야. 그때 깔깔대던 대화는 기억에 없는데, 시간 가는 줄도 모르고 한참을 웃었던 그 감정은 선명하게 기억나더라. 어쩌면 그게 정말 우리가 주고받아야 했던 대화였나 봐.

잡아 주는 법을 몰랐어

포옹하듯 잡아 줘야 했나 봐. 네 손도 네 마음도 말이야. 꽉 움켜쥔 손을 애써 피려는 것이 아니라 감싸 안아 줄걸 그랬어.

내가 아는 '손을 잡는 방식'은 서로의 손바닥이 닿는 일이었어. 그것만이 손을 잡는 방법이라고 생각했어. 누군가를 위로할 때, 손을 잡아 줄 때, 부들거리며 온 힘을 다해 꽉 쥔 손을 억지로라도 펴서 잡아 줘야 한다고 판단했어.

왜 이제야 알게 된 것일까. 피고 싶어도 펴지지 않던 너의 손 말이야. 온 힘을 다해 버티던 너의 손을 그대로 감싸 안을걸. 그렇게 잡아 줄 생각은 왜 하지 못했던 것일까?

왜 그때의 나는 기어이 너에게 있었던 모든 일을, 네가 말하기 두려워하는 것까지도 전부 다 들으려고 애썼을까. 숨기고픈 이야기를 꺼내고 나면, 아예 몸을 숨겨 버려야 하는 사람도 있는데. 간신히 움켜쥔 힘을 놓아 버리는 순간, 쓰러져 버릴 수도 있는데, 왜 그건 몰랐을까.

그냥, 괜찮다고 말할걸. 잘 될 거라고, 그러길 바란다고 안아줄
걸. 너의 감정만 이야기해도 난 이해할 수 있다고 말할걸. 흔들리
던 너를 그렇게 잡아줄걸. 여전히 미안해.

지나가는 파도

사람의 마음에는 바다가 있다고 한다. 나는 바람 정도는 될 수 있어서, 당신에게 파도 정도는 만들 수 있었다. 다만 당신의 바다가 너무 깊지는 않길 바랐다.

오래전부터 차곡차곡 쌓인 당신의 바다에 나의 바람은 얼마나 닿을 수 있을까.

바람을 따라 움직여 주는 파도가 좋았다. 파도에 반짝이는 햇빛이 아름다웠다. 하지만 내 손길은 당신의 바다, 수면에만 미쳤다. 심해까지는 도달할 수 없었다. 그래서 가장 바닥에 자리 잡은 과거의 당신까지는 안아주지 못했다.

당신을 파도치게 할 수 있어서 내가 바람이라고 착각했다. 당신을 떠나 버려서 겨우 바람이었다.

고여 버린 순간, 기억되는 시간

중학생 때 엄마의 시계를 물려받았다. 엄마가 결혼 전에 차던 작고 앤티크 한 예쁜 시계였다. 당장 시계를 차고 다니고 싶었지만 어린 내 팔목에는, 나의 교복에는 그 시계가 어울리지 않았다. 그래서 무작정 기다렸다. 시계가 어울리는 나이가 될 때까지 고이 묵혀 두었다.

중학생 때 처음 받고서 한번, 고등학교 수학여행 때 한번, 스무 살이 되어서 한번, 이십 대 중반이 되어서 한번 그리고 얼마 전에 다시 한번 차 보았다. 한 번씩 꺼낼 때마다 이제는 어울릴 것이라고 기대하며 시계 배터리를 갈았지만 매번 실패였다. 그렇게 5번째 배터리를 갈고 나서야 드디어, 어울리는 나이가 되었다.

하지만 시계가 어울리는 나이가 되어서는 시계가 고장 나 버렸다. 배터리를 교체한 지 일주일도 안 돼서 시계가 멈춘 것이었다.

역시나 이번에도 그 시계를 버릴 수는 없었다. 나만 아는 곳에 다시 숨겨두었다.

또 하나가 늘어났다. 언젠가는 아무렇지 않게 어울릴 줄 알았으나, 결국 손쓰지 못하고 다시 묻혀야 했던 것이 말이다.

버거웠던 나의 꿈처럼, 아물지 못한 예전의 상처처럼.

시간이 지나면 다가갈 수 있을 거라고 생각했다. 몸이 커지는 만큼 마음도 커지고 그러다 보면 마음에 여유도 생길 테니까. '언젠가는'이라는 불확실한 기한이 반드시 올 거라고 막연하게 회피하고만 있었다.

다만 그 '언젠가는'이라는 시간이 지금은 아닐 뿐이라고 매번 넘겨왔다. 내가 아직도 나서서 그때의 문제마저, 상황마저도, 상처조차도 그대로 존재할 줄 알았다. 그런 문제에서도 유효 기한이 있을 줄은 미처 깨닫지 못했다.

회피를 착각이라고 애써 다짐하면서, 미루고 미루다가 지나쳐버린 시간에, 결국은 시기를 놓치고 말았다. 그렇게 고여 버린 순간이 있다. 마치 멈춰진 시계처럼.

다르게 읽는다

모든 순간은 여러 가지 해석을 지닌다. 우린 매번 처음을 경험하는 동시에 마지막을 마주하기 때문이다.

처음이라는 것은 꽤나 괜찮은 방패가 되어 준다. '처음이라서', '처음치곤 괜찮아', '처음이라 그랬어.' 어떤 결과든 어느 정도 무마시키는 힘이 있다.

마지막이라는 것은 마음을 변하게 하는 재주가 있다. 평범한 순간도 마지막을 갖다 대면 특별해진다. 괴로운 일도 마지막을 붙이면 이겨낼 힘이 조금은 생긴다. 그래서 무언가를 평소보다 소중하게 여기고 싶을 때면, 지금 이 순간이 마지막이라는 사실을 떠올리려 한다.

내가 겨우 버틴 마지막이 누군가에겐 실수해도 괜찮은 처음이라서, 처음치고는 괜찮았던 나의 순간이 당신에게는 마지막이어서. 우리는 서로에게 의도치 않은 기억을 남긴다. 그래서 우리가 지닌 흔적은 다른 모양을 띤다.

우리는 매번 인습 없이 마주친 순간을 영영 붙잡지 못할 곳으로 보낸다. 그렇게 쌓인 기억을 우리는 끝내 다르게 읽어 내고야 만다.

굳이 너와 먼 곳에서 만난다

각자 지쳐있었다. 몇 시간 만날 여유조차 내기 힘든 시기에, 우린 겨우 마음을 내어 약속을 잡았다. 그럴수록 장소는 되도록 멀리 잡았다. 너와 약속을 잡을 때면 굳이 우리와 먼 곳으로, 안 가본 곳으로 장소를 잡는다. 그건 일종의 주문이었다. 이곳에선 새로운 감정을 하나씩은 가져가자. 만나기로 한 이날은 행복하자. 익숙한 곳에서 멀어지면 우리가 마주해야 할 상황과도 멀어지는 것이라고 착각하자.

이런 주문이 우리가 맞대고 있는 상황에 대한 묘안을 주지는 않는다. 하지만 하나는 알게 된다. 우리의 고민에서 멀어질 수도 가까워질 수도, 그 사이를 조절할 수 있는 것은 우리라는 사실을.

안부를 짐작할 수 없어서

괜찮은지 묻는 것조차도 조심스러워지는 사람이 있다. 그런 사람에게는 어떤 안부를 물어야 할까. 차라리 당신이 눈물이라도 흘리면 말을 건넬 수 있을까. 꺼내고 싶었지만 전달하는 것도 조심스러워 간직하고만 있던 위로를. 그런데 난 당신의 눈물을 보고도 당신의 상태를 알기는 어려울 것 같다.

전에는 감당할 수 없는 감정이 생겨나면 그 감정이 흘러넘치는 만큼 눈물이 나온다고 생각했다. 슬픈 일이 생겼을 때, 억울할 때, 화가 났을 때. 무거운 감정이 들어오면 그 감정의 무게만큼, 내가 받아들이지 못할 감정이 들어오면, 흡수하지 못한 만큼 눈물이 난다고 생각했다. 하지만 이건 절대적인 게 아니었다.

어떤 감정은 내 속의 다른 것들을 모두 녹여낼 듯 강한 것이어서, 차마 어쩔 수 없는 것이어서, 오히려 눈물을 메마르게 할 때도 있었다.

그러다 다시 눈물이 날 때가 있다. 그건 오히려 받아들이고픈 따뜻한 감정 때문이었다. 따뜻한 감정이 메마른 마음에 스며들 때, 눈물이 다시 흐를 수 있었다.

눈물이 보여도, 보이지 않아도 사람은 우는 상태일 수 있다. 그 래서 모르겠다. 내 앞에 있는 사람이 감당 못할 감정에 우는 것인 지, 드디어 눈물이 생길 정도로 회복을 한 것인지, 눈물이 흐르지 못할 정도로 몹쓸 상황인지 말이다. 아직은 당신을 헤아릴 지혜도 제대로 위로할 용기도 없다.

무거운 이름이라서

전에는 마음을 표현하고 싶어서 고민했다. 잘 표현하고 싶은데, 감정의 이름이 너무나도 간단해서 답답할 지경이었다. 행복, 절망, 슬픔, 좌절, 사랑, 설렘, 감사, 연민, 미안함. 전부 짧고 간단하다. 담고 있는 의미의 깊이가 무색하게 너무 간단하다. 분명, 이 단어를 처음 만든 사람도 감정을 담아내기가 벅차서, 포기하고 아예 간단한 단어로 만들었을 거라는 생각도 했다.

난 감정을 표현해야 했고, 짧은 단어를 그 단어의 깊이만큼 풀어 쓰느라 고생했다. 감정의 이름보다 수십 배는, 어떤 것은 수백 배의 글자를 빌려 와야 했다. 구구절절 풀어서 표현하려니 구차하고 민망하기도 했다.

이제는 감정을 숨기는 게 익숙해져 버렸다. 차마 혀에 닿기도 전에 놓쳐 버리는 단어가 있다. 목에 걸려서 끝내 뱉어 내지 못하는 감정이 있다. 특히 그 사람에게는, 더구나 그 상황에서는, 그런 감정이 누설이라도 될까 걱정인 날이 늘어갔다. 그렇게 숨기다 보니 이제는 습관이 되었다.

표현을 해야 할 때마저도 내 감정을 전하지 못해서 후회하던 순간도 쌓여만 갔다. 돌이켜 보면, 고작 몇 초도 안 걸리는 그 말이 왜 그렇게 뱉어지지 않았나 싶다.

이제야 감정을 나타내는 단어가 간단한 이유를 알 것 같다. 빨리 내뱉으라고. 그러라고 짧고 간단하게 만들었으니, 어서 뱉어내라고 말이다.

은처럼 빛났으면

녹을 좋아한다. 마음이 복잡할 때 하는 취미가 있다. 은반지를 세척하는 것. 장신구 상자에서 은으로 된 장신구를 모두 가져온다. 녹이 많이 생겼길 바라면서 말이다.

몸도 마음도 다치는 건 싫다. 다치면 어김없이 그 증거로, 마치 다쳤다는 확인 도장처럼 붉은 피가 난다. 피가 난 후에는 딱지가 앉고, 그 자리는 흉터가 된다.

피비린내와 비슷한 철봉 냄새를 맡으며, 철봉의 녹을 딱지쯤으로 생각했다. 그러다 나중에 배워서 알았다. 철봉에 녹이 얹힌 것일 뿐. 철봉은 무사하다는 사실을 말이다. 예전으로 돌아갈 수 있다는 것을 말이다.

그래서 마음이 복잡할 땐, 은반지에 묻은 녹을 아주 말끔하게 제거한다. 그러면서 바란다. 마음에도 딱지나 흉터가 아닌 은빛을 감추고 있는 녹이기를. 그렇게 믿고 싶은 날에는 녹을 들여다본다.

아직 모르는 게 있는 거겠지. 손쓸 수 없는 게 아니라, 이렇게 말끔히 씻어낼 수 있는 게 있겠지. 아직은 배우지 않았던 거겠지.

힘내 난 널 기억해

1판 1쇄 인쇄 2022년 08월 26일
1판 1쇄 발행 2022년 08월 31일

지 은 이 장현기 · 신은혜 · 이지효 · 파랑 · 가람

발 행 인 정영욱
기획편집 라윤형
디 자 인 이유진, 장윤정
편집총괄 정해나
제작지원 어효경 · 박세영　◉ fast campus

펴낸곳 (주)부크럼
전　화 070-5138-9971~3 (도서기획제작팀)
홈페이지 www.bookrum.co.kr
이메일 editor@bookrum.co.kr
인스타그램 @bookrum.official
블로그 blog.naver.com/s2mfairy
포스트 post.naver.com/s2mfairy

ⓒ 장현기 · 신은혜 · 이지효 · 김주희 · 최다라, 2022
ISBN 979-11-6214-413-8 (03800)